A extraordinária
Zona Norte

Alberto Mussa

A extraordinária
Zona Norte

todavia

*Este romance
é para o morro do Andaraí,
que foi meu berço
e é minha bússola*

Os onze fatos mais marcantes de 1974 no Rio de
Janeiro e no mundo que explicam os contextos
histórico e antropológico da narrativa 9
As sete epígrafes que fundamentam os sete
capítulos cíclicos do romance 11
Vestíbulo 13

Primeiro ciclo

A ossada 19
O bicho 31
A moça 36
A figueira 43
O esquadrão 48
A Floresta 53
A biblioteca 57

Segundo ciclo

A figueira 69
A moça 77
O esquadrão 90
A ossada 99
A biblioteca 111
A Floresta 114
O bicho 119

Terceiro ciclo
A moça 127
A Floresta 135
A biblioteca 141
O bicho 148
A ossada 157
O esquadrão 163
A figueira 171

Último ciclo
O bicho 181
A biblioteca 186
A Floresta 192
A ossada 196
A figueira 201
O esquadrão 204
A moça 211

Agradeço 217

Apêndices
Mapa do morro do Andaraí 221
Planta do galpão onde ocorreu a chacina 222
Planta do casarão da Borda do Mato, 63 223
Relação de sambas de enredo da Floresta do Andaraí 224
Noções básicas sobre o jogo do bicho 225
Notas sobre as cantigas do texto
"A figueira", do terceiro ciclo 228

Os onze fatos mais marcantes de 1974 no Rio de Janeiro e no mundo que explicam os contextos histórico e antropológico da narrativa

1. Realizada a Marcha dos Cem, como ficou conhecida a peregrinação dos tuxauas kiriris à aldeia de Rodelas, com o propósito de recuperar o ritual do toré e restabelecer, por conseguinte, a comunicação com seus encantados.

2. A Alemanha disputa um torneio internacional de futebol com duas equipes e termina conquistando, naturalmente, o título.

3. Advertido de que haveria uma troca no alto-comando das Forças Armadas, o general Médici inaugura às pressas a ponte Rio-Niterói; em retaliação, o general Geisel, seu substituto, empossado alguns dias depois, decide iniciar a construção da hidrelétrica de Itaipu.

4. A revolução estética do Salgueiro, iniciada por Fernando Pamplona em 1960, atinge alturas insuspeitas: a escola é campeã com o enredo "O rei de França na Ilha da Assombração", de Maria Augusta e Joãosinho Trinta.

5. O último jogo de Pelé pelo Santos, fora do Maracanã, prenuncia a ruína do futebol-arte no Brasil.

6. Morre, no Rio de Janeiro, João da Bahiana; morrem, no resto do mundo, Solano Trindade e Miguel Ángel Asturias.

7. Os principais banqueiros do bicho no Rio de Janeiro começam a encampar os pontos de concorrentes menores, movimento que culminaria na fundação do Clube Barão de Drummond, em 1975.

8. O último refrão do samba "Lendas e festas das Iabás", da União da Ilha, campeã do grupo 2, é incorporado ao cancioneiro da umbanda como ponto de Iansã.

9. Diversos policiais, integrantes do chamado Esquadrão da Morte, comparecem armados à missa de dez anos pelo falecimento do detetive Le Cocq, provocando veemente reação da cúria.

10. O espírito do dr. Fritz realiza, pela primeira vez, duas cirurgias simultâneas, em pacientes distintos e em lugares diferentes: Grajaú e Icaraí.

11. A Flor da Mina desce com o primeiro enredo genuinamente feminista da história do carnaval: "Esplendor, amor e glória de Pildes Pereira".

As sete epígrafes que fundamentam os sete capítulos cíclicos do romance

1. *Só os ossos esquecem*: provérbio araweté citado por Eduardo Viveiros de Castro em sua tese *Araweté: Os deuses canibais*. [A ossada]

2. *Sonhar com anjo é borboleta/ sem contemplação, sonhar com rei/ dá leão*: cabeça do samba composto por Neguinho para o enredo da Beija-Flor "Sonhar com rei dá leão", de 1976. [O bicho]

3. *Arreda homem, que aí vem mulher!*: cancioneiro tradicional da umbanda. [A moça]

4. *Ninguém daqui acha que estar vivo é o normal*: tradução levemente infiel de uma frase extraída do romance *A hora azul*, de Alonso Cueto. [A Floresta]

5. *Um homem é tão livre como um passarinho na gaiola*: sentença ou refrão da tradição cubana do odu *Òsá Méjì*, também denominado *Eléíyé* — ou seja, "as donas de pássaros". [A figueira]

6. *E, de fato, não há causas naturais para a morte. Assim... acabam atribuindo ao próprio morto a responsabilidade*

pelo seu falecimento: tese de Roque de Barros Laraia constante do seu ensaio etnográfico *Tupi: Índios do Brasil atual*. [O esquadrão]

7. *Sei que tu gosta da tua piranha*: excerto do trap "Tudo Nosso", de Filipe Ret e Anitta. [A biblioteca]

Vestíbulo

Concebi A extraordinária Zona Norte *como um romance popular e etnocêntrico, talvez intraduzível, na forma de uma narrativa elusivamente autobiográfica, passada nos lugares que compõem meu mapa-múndi afetivo.*

Como outras histórias que escrevi, a trama desta também é policial; também se inspira em temas míticos; também se passa no Rio de Janeiro; também envolve casos de adultério; e entre as personagens também há um detetive — cujo nome, naturalmente, também é Baeta.

Explico: a família Baeta (que é a minha) sempre esteve, num certo sentido, aliada ao crime. Ninguém ignora, por exemplo, o nome de Córdula Baeta, professora, delatora, agente do serviço de inteligência da ditadura Vargas. Houve um Hilário Baeta, guarda aduaneiro e temível capoeira, que atuou como informante da polícia. E até um Jovino Baeta, o mais célebre de todos, que foi carrasco na região de Parati e Angra dos Reis.

O romance se concentra no ramo de Tobias Baeta: latinista, helenista, criminalista, professor emérito da Faculdade Nacional de Direito, além de brilhante advogado — profissão em que fez fortuna defendendo inocentes.

Da mesma estirpe é também Antenor Baeta, único filho do casal Palmira e Tobias, que foi detetive de polícia e só não chegou a comissário por ter sido assassinado, ou melhor, por ter desaparecido, de modo mais ou menos obscuro, em 1966.

Essa índole criminal se perceberá nas irmãs de Antenor: Constança, a primogênita, médica-legista, casada com um fiscal de rendas; Núbia, diretora de um reformatório de menores infratores, e esposa de um juiz; e Ifigênia, a caçula, desquitada, que escrevia os contos radiofônicos, muito populares, do programa Cidade Bandida. *Seria certo exagero dizer que não se davam.*

A família Baeta estava radicada no Grajaú, respectivamente nas ruas Gurupi, Araxá, Mearim e Bambuí — além da residência paterna, na rua da Borda do Mato, número 63. Era um imenso casarão de dois pavimentos, varanda e terraço, quintal e jardim, que abrigava uma estupenda biblioteca de uns 15 mil livros, distribuídos por quase todos os cômodos.

Infelizmente, o protagonista desta narrativa é o menos brilhante de toda essa progênie: Domício Baeta, afilhado de Tobias, que foi um mero investigador particular, com modesto escritório na casa 34 da rua Jurupari, na Tijuca.

Domício era filho de Litinha Baeta, prima distante de Tobias, neta do irmão do avô do advogado. Tal circunstância não justifica o sobrenome, herdado da mãe. A razão é simples: na certidão de nascimento de Domício não constava o nome do pai. Litinha, como se conclui, engravidou, deu à luz, e teve de ir pessoalmente registrar o filho — que Tobias viria a batizar, ao lado da mulher, Palmira.

O pai que não quis reconhecer Domício foi um certo Venâncio Rebouças, natural do distrito de Guarus, em Campos dos Goytacazes.

Fez fama na briga de faca, aterrorizando os valentões da Beira--Rio e da Beira-Valão, até se transferir para o morro da Cachoeirinha, no Rio de Janeiro. Aqui, foi carcereiro, guarda-costas de políticos e vigia de cassinos — onde tinha função de identificar e expulsar os trapaceiros.

Não sei como Litinha conheceu Venâncio; não sei como esses fatos todos ficaram conhecidos. Sei que veio a Copa de 50; e Venâncio é achado morto, depois da trágica final, nas proximidades do Maracanã, com a cara emborcada na sarjeta. Nessa altura, Domício tinha uns cinco anos e foi viver com a mãe no casarão da Borda do Mato, num quarto independente, construído em cima da garagem e com acesso pelo quintal, onde ficavam o tanque de lavar roupa e o banheiro de empregada.

E Domício foi, na prática, criado por Tobias: aprendeu línguas, leu os clássicos, foi o único membro daquela família a explorar, sem restrições, todos os meandros da fabulosa biblioteca.

Mas houve sobre ele alguma influência do primo: diziam que Antenor, mesmo antes de entrar na polícia, mesmo depois de casado com uma filha de militar, vivia metido com malandros, gente de samba, contraventores, cafetinas, macumbeiros. E que Domício enveredava pela mesma trilha, como se saberá.

Tobias culpava a comadre, que era espírita. Ela, por sua vez, rebatia a acusação, dizendo que os excessos de leitura, na biblioteca do padrinho, é que tinham feito Domício escolher uma colocação de meio expediente, no serviço público.

A reviravolta veio depois, quando Domício, exonerado de duas ou três repartições, resolveu tirar licença de investigador particular. Cumpria, assim, daquele modo pusilânime, o destino dos Baetas.

***

É esse o cenário que o leitor encontra, em 1974, quando a história começa. Haverá quem pense — por ser narrativa autobiográfica — que este longo preâmbulo pretenda antecipar os conflitos existenciais de Domício Baeta, os embates entre seus impulsos atávicos e sua formação erudita.

Não é o caso: o romance não analisa personagens, não trata exatamente de indivíduos. Eles são, aqui, representantes circunstanciais da espécie humana.

Embora haja crime, e haja mistério, o verdadeiro tema desta história são as outras histórias: é na verdade o conteúdo dos volumes daquela velha biblioteca que existiu na rua da Borda do Mato, no número 63.

O assassino, certamente, também leu aqueles livros.

Primeiro ciclo

A ossada

Quarta-feira, 9 de janeiro de 1974

Nem todo fato é real. Nem todo crime é um fato. Num universo estritamente lógico, as coisas improváveis são as únicas possíveis. Só se compreende o sentido exato das palavras se se consegue traduzi-las para todas as línguas. Deveria ter aberto a narrativa com um parágrafo menos enigmático. Todavia, como já fiz em outros livros, acabo cedendo ao impulso de antecipar as conclusões.

Digo isso a propósito do caso — do caso da ossada da Figueira da Velha, que só se tornou um problema nesse dia, quando Domício Baeta acertou no bicho duas vezes. O romance o surpreende pelo fim da tarde, voltando do escritório, depois de catalogar e arquivar certas fotografias (exuberantes, explícitas, comprometedoras) em que aparecia uma mulher casada. Domício, como investigador particular, era grande especialista em casos de adultério.

Foi por isso, por influência daquelas imagens, que ele decide saltar dois pontos antes e subir o morro do Andaraí, para ir ver a Donda, moça com quem andava saindo há cerca de dois meses.

Como se sabe, o verão sob o trópico é cruel. E Domício, depois de galgar quase toda a ladeira da Ferreira Pontes, resolve dar uma parada na tendinha do Biro, na intenção de uma gelada.

Conheço Domício (digamos) parcialmente: porque ninguém conhece a si mesmo. Mas posso afirmar que esse pretexto da gelada, que adiava seu encontro com a Donda, se deveu também a um segundo intento: sondar a razão de haver dois carros de polícia estacionados naquela altura da ladeira, onde a passagem entre as casas começava a se estreitar, impedindo que um veículo entrasse e fizesse, depois, a manobra.

A tendinha ficava na esquina formada pela Ferreira Pontes, rua que Domício subia, e a então chamada travessa do Cotovelo, que ia dar na vertente oposta do morro. A arquitetura desse estabelecimento era no estilo clássico: tanto a fachada quanto a empena lateral eram vazadas, de modo a formar uma espécie de balcão que corria por todo o seu perímetro. Essa abertura era fechada com janelas cujas folhas abriam para cima — advindo daí provavelmente o nome "tendinha". Os fregueses, naturalmente, eram atendidos do lado de fora; e uma única porta dava acesso tanto ao interior da loja quanto à residência propriamente dita, situada nos fundos.

Àquela hora, perto das sete da noite, o movimento era grande: gente que ia para comprar um saco de biscoito, um maço de cigarros, um quilo de arroz ou um pacote de açúcar. E também para pegar recados, pois o Biro era dos raros moradores que tinham telefone.

A tendinha não dispunha de mesas: as pessoas sentavam na rua, em tamboretes, caixotes ou mesmo na calçada. Quando Domício chegou, além de bebedores solitários e dos pequenos grupinhos espalhados pela esquina, havia uma turma jogando sueca e uma rodinha de mulheres: Dêda, que era operadora de PBX num estaleiro; Tiça, separadora numa fábrica de remédios; Peinha, faxineira por conta própria; Bigu, auxiliar de enfermagem no Hospital do Andaraí; e Edna Grande, servente numa empresa imobiliária.

O detetive vai cumprimentar primeiro Jorge Cego, operário aposentado da Projetil, que tinha sido mestre de bateria da extinta Floresta do Andaraí. Essa agremiação, que foi escola de samba e desfilou entre as grandes, passou por grave crise financeira e acabou enrolando bandeira dias antes do carnaval de 60. Enquanto se aproxima do mestre, que fumava, sozinho, sentado na cadeira dobrável que trazia de casa, Domício desvia o olhar para o perfil sestroso de Dêda, cuja alça esquerda do vestidinho amarelo, fresco e leve, tinha escorregado até o meio do braço. Dêda, sentada numa caixa de cerveja, acaba de apoiar o pé esquerdo no meio-fio, fazendo correr a barra do vestido até o meio da coxa. O detetive, assim, estando num nível mais baixo da ladeira, podia ver não só a sobrecoxa e a contracoxa dessa perna esquerda, mas também, e principalmente, a entrecoxa da perna direita, com seus contornos reais e imaginários.

Não te mete com mulher dos outros, diz o mestre, antes de responder ao cumprimento de Domício. Essa advertência o impressiona, não suspeitava daquela habilidade do Cego, capaz de adivinhar, pela voz ou pela respiração, a posição do rosto de quem fala. E entra logo no assunto dos dois veículos parados na ladeira. *É o Turquesa e mais um monte de polícia; estão lá em cima, na Figueira da Velha, procurando alguma coisa.*

Macula, amigo de Domício, que peruava a sueca, se junta aos dois. A conversa muda, então, para o tema do bicho. O detetive tinha posto uma fé alta no grupo 22, o grupo do Tigre; e exibe a pule: cem cruzeiros na cabeça e mais dez no salteado, para salvar a aposta. Tinha ganho na Paratodos da tarde, com o mesmo jogo; e mantinha sua convicção: *é jogo certo, compadre; está escrito.*

Se desse Tigre, como previa, o detetive faturava 1800 cruzeiros. Praticamente seis salários. Macula, que ganhava dois como auxiliar de almoxarife, arregala os olhos. E quer saber a origem do palpite. Jorge Cego, no entanto, interrompe o diálogo, apontando com o queixo para o fim da rua: *olha a encrenca...*

Eram os tiras, que vinham descendo com pás, facões, lanternas e um saco preto, que não parecia conter exatamente um corpo.

A história toda, de que Domício não demorou a se inteirar, era a seguinte: uns meninos que brincavam perto da Figueira da Velha encontram um esqueleto, parcialmente exposto pela última enxurrada. A novidade se espalha e alguém avisa na delegacia. Turquesa, o delegado da 20ª, chega às cinco, mais ou menos. Sobe até a mata com dois colegas; mas volta logo, para ligar da tendinha do Biro, pedindo reforço. Vem outra viatura (da perícia); e os policiais sobem todos juntos, para fazer a busca. No saco preto, trazem uma ossada humana, quase intacta.

Ao passar pela tendinha, Turquesa vê Domício e vai lhe dar um abraço e dois tapinhas nas costas. Com as mãos enormes apoiadas nos ombros do detetive, olha fundo nos olhos dele: *é nosso irmão; tenho certeza; não vai ficar de graça.*

A declaração, conquanto pronunciada num tom baixo, e meio fúnebre, não escapa aos demais. Todos sabem, no Andaraí, quem é Turquesa; todos conhecem, no Andaraí, a tatuagem que ele tem nos braços. Não seria, aquela frase, mera promessa — mas verdadeira sentença. O mulherio, então, vem cercar o delegado. A mesa da sueca também se dissolve. Indiferente, apenas Jorge Cego, que se curva para apagar o cigarro na calçada, como quem diz "nem é comigo".

É nesse instante que desponta o Sóta, o apontador da banca onde Domício costumava jogar, que vem subindo pelo Cotovelo. A cena que se segue é a que inicia, propriamente, a trama: Macula confere o resultado da Loteria

Federal, que o apontador entrega, e arregala os olhos na direção de Domício. Como era certo, como estava escrito, tinha dado Tigre.

Na cabeça.

Sexta-feira, 13 de maio de 1966

Quando Turquesa desce da Figueira da Velha, abraça Domício e diz *é nosso irmão*, todos compreendem. Todos sabem que ele alude a Antenor Baeta, o Juba — detetive da polícia civil, desaparecido depois da chacina ocorrida no morro, no lugar conhecido como largo da Arrelia, oito anos antes.

Passo logo aos fatos; ou melhor, à superfície dos fatos: nessa época, nesse largo da Arrelia, onde foi a antiga quadra da escola de samba Floresta do Andaraí, ficava um galpão de madeira, construído para abrigar uma rinha de galos, propriedade de um certo Malaio — meio agiota, meio cafetão, meio contraventor.

Fiz um esboço da planta baixa dessa rinha, que vocês podem ver nas últimas páginas do livro. Reparem que, além do gamelão onde brigavam os galos, havia um pequeno bar, a banca de apostas, o palanque do proprietário e um único banheiro (usado só pelas mulheres, já que os homens podiam se aliviar do lado de fora, no matagal).

Pois bem, em 1966, numa sexta-feira 13, houve uma grande assembleia naquele galpão, para decidir o destino da Floresta. Mais precisamente: para preparar o carnaval do ano seguinte, quando a escola, enfim, iria ressurgir.

Emulados pela fundação da Flor da Mina (que era um simples bloco), os velhos e altivos diretores da Floresta — Tãozinho, Neneca, Alicate, Zé Maria — reuniram documentos, andaram corredores, assinaram papéis, obtiveram alvarás, até reinscrever a antiga agremiação — não como bloco, mas como escola de samba, para voltar a ser, como sempre tinha sido, a glória do morro do Andaraí.

Esse foi o objeto da reunião; e por ora basta saber isso. Num dado momento, pouco antes das dez da noite, dois automóveis sobem a rua Leopoldo, em alta velocidade, até a altura do antigo cruzeiro; e um bando de atiradores, alguns armados de escopetas, outros de metralhadoras, salta dos carros, corre até o largo da Arrelia e alveja o galpão. As paredes de tábua, como se presume, não resistem ao vareio das balas; e tudo termina com a cifra de onze mortos e centenas de cápsulas deflagradas.

Antenor, como os demais compositores da antiga Floresta, também estava na assembleia quando os tiros começaram. Teria reagido, segundo alguns, pois era polícia e andava sempre trepado. Seu corpo, contudo, não estava entre os onze: desapareceu, apenas; e nunca mais foi visto por ninguém.

Os depoimentos contam mais ou menos a mesma história: quando começou o tiroteio, todos tentaram se proteger, atrás do balcão, dentro da rinha, no palanque de onde Malaio assistia às lutas ou simplesmente se jogando no chão. Os assassinos, então, se aproximam da porta da frente (que estava aberta, já que o encontro era público), ordenam que fiquem todos de cara virada pra baixo, ameaçam, entram, vasculham, mas saem logo, gritando alto: *ninguém olha! ninguém se mexe!*

E ninguém se mexeu. Ninguém ousou encarar os bandidos. Ninguém, portanto, viu; ou viu direito. Era uma noite muito escura, sem lua, sem nenhum planeta acima do horizonte. A iluminação também não era das melhores. Não souberam dizer o que se passou naquele curto intervalo. Os sobreviventes só se arriscaram a levantar depois de ouvirem o motor dos carros indo embora. Quando começaram a contabilizar os corpos é que se deram conta da ausência do Juba. Deram várias batidas, nas imediações do largo e até mesmo na mata, mas não acharam sequer uma pista.

Restaram, assim, poucas alternativas para explicar o sumiço: uma fuga espetacular; a improvável remoção do cadáver; ou um sequestro. Os investigadores da 20 não resolveram o enigma; e o inquérito foi arquivado.

Parecia óbvio, contudo, que o objetivo da quadrilha era eliminar Antenor. Algum caguete tinha dado o serviço de que ele estaria na assembleia. E o bando chega atirando, indiscriminadamente. Depois, invade o barracão para avaliar o efeito da ofensiva. A partir desse ponto é que as opiniões se bifurcam: sequestro ou fuga.

A tese do sequestro era difícil de crer, porque nunca houve pedido de resgate; e porque — se o intuito do bando era matar Antenor — teria sido mais simples executá-lo lá mesmo, dentro da rinha. A não ser que os criminosos quisessem extrair dele alguma informação; que o tenham torturado primeiro para executá-lo depois, desovando o corpo num outro lugar.

A versão da fuga, por sua vez, estava calcada num fato objetivo: a porta do bar ter ficado escancarada, depois da chacina, pelo estouro de um balaço. Juba poderia ter aproveitado tal circunstância para escapar do tiroteio e se embrenhar na mata, que ainda tomava toda a encosta atrás do barracão. E, assim, teria se perdido, teria morrido como outros que antes dele se aventuraram naquela floresta.

Turquesa comungava dessa última teoria. O atual delegado da 20 era um mero detetive na época do crime; e não pôde influir nos rumos da investigação. Para ele, a polícia errou em não insistir na busca pelo corpo em todas as partes do morro; e também na caça ao caguete — a pessoa que deu aos bandidos a dica de onde Juba estava.

25

Depois que o delegado vai embora da tendinha, as conversas passam a tratar da ameaça implícita no que ele diz a Domício. Aquele *não vai ficar de graça* significa que Turquesa ainda acredita poder encontrar o suposto caguete, o traidor, o morador do morro que teria sido cúmplice dos criminosos. Todos conheciam Turquesa. Todos sabiam que ele tinha o braço tatuado com o escudo do Esquadrão da Morte. Nessa nova caçada, os tiras da Le Cocq poderiam cismar com qualquer um.

Quinta-feira, 10 de janeiro de 1974

É Constança, a irmã legista, quem cuida de tudo quando a ossada chega ao IML. Atende logo cedo uma ligação de Turquesa, mas não demonstra a mesma certeza que tem o delegado sobre a identidade do corpo. Iria proceder — diz ela — com o máximo rigor, com a cautela máxima, porque o caso não parecia simples.

Não se pode compreender Constança, o tipo humano de Constança, sem estabelecer um contraste entre as irmãs. Núbia, por exemplo, era tricolor, gostava de vinhos franceses, lia revistas ilustradas e, de vez em quando, folheava enciclopédias; já Ifigênia bebia cerveja preta, torcia pelo Botafogo e só se interessava por livros de ocultismo; enquanto Constança, vascaína, preferia drinques e coquetéis com gelo, romances históricos e faroeste em quadrinhos.

Emprego, nessa análise, o método desenvolvido por Domício ao longo de sua carreira de investigador particular. Como claramente se observa, não tinham nenhuma semelhança de caráter, salvo a do fenótipo, que (diga-se logo) era estupendo: não se conhecia ninguém naquela área, do Cachambi à Tijuca, da Boca do Mato à praça da Bandeira, que não houvesse sido tentado a comer ao menos uma delas.

Domício inclusive — cuja grande fantasia era participar de uma suruba com as três.

Constança, entre todas, é a de personalidade mais contraditória, mais obscura. Tanto que o marido, o fiscal, Farid Farah, vivia em dúvida sobre a fidelidade da mulher, e tinha crises de ciúme quando se encachaçava pelos botequins e ia dormir na sala. Farid não conseguia reconhecer traços seus na filha, Denise, tão rebelde e tão bonita quanto a mãe.

Quanto mais ele me acusa, mais eu tenho vontade de ser culpada, disse ela, certa vez, a Domício — que considerava Constança um símile de Capitu: mulher que mentia mesmo quando dizia a verdade.

Quando ainda morava com Litinha, em cima da garagem, Domício costumava acordar depois da meia-noite, levantar sem fazer barulho, e ficar meio escondido na sacada do quartinho, esperando para ver se aparecia alguém na porta da cozinha. Esse alguém que poderia aparecer, que aparecia às vezes, era Constança — que dançava, nua, pelo quintal, passando as mãos pelo corpo, como as gatas fazem com a língua, fingindo não saber estar sendo observada.

Houve uma vez, contudo, quando ele estava de cama, com febre alta, em que ela subiu até o quartinho, a pretexto de levar um lanche para o enfermo. Nua por baixo da roupa, ela se enfia sob o lençol, se ajoelha, puxa a barra do vestido até o meio das coxas e se esfrega nele, freneticamente, sem deixar que ele metesse, até gozarem.

Durante todo o tempo em que Antenor esteve desaparecido, Constança foi a única que não emitiu opinião, que não defendeu nenhuma teoria. Ifigênia concordava com a tese de Turquesa, a da fuga. Núbia, por sua vez, acreditava na do sequestro; e mais: desconfiava de que os atiradores, no dia da chacina, eram gente da própria polícia. *Pelo tipo de armamento, pelo estilo de abordagem, pela violência; e porque Turquesa, aquele desgraçado, nunca explicou direito que bandidos eram esses de quem eles suspeitavam; quando falei que aquilo tinha o jeito do esquadrão ele desconversou; não estou acusando Turquesa, sei que eles eram unha e carne, mas é como se ele fosse forçado a proteger os colegas, até por medo* — explicou, à noite, na Borda do Mato, numa reunião convocada por Constança para falar da ossada e prevenir a família, especialmente Palmira, caso a identidade do Juba viesse a ser confirmada.

Além da mãe e das irmãs, Constança tinha chamado a Zanja, ou Joana d'Arc, a viúva de Antenor, filha do militar, que era entrevada. E havia ainda Litinha, que — desde o misterioso acidente que vitimou Zanja — tinha se transferido da Borda do Mato para a Mearim, onde o casal morava. Era Litinha, portanto, quem fazia companhia, quem manobrava a cadeira de rodas, quem cuidava da jovem viúva. Há coisas que só a existência de destinos prefigurados pode explicar: Zanja nunca admitiu retornar à casa dos pais, depois do desaparecimento do marido, porque estabeleceu com Litinha uma grande identificação, uma total harmonia de sentimentos e visão de mundo. Passou a frequentar, depois do acidente, levada pela mãe de Domício, o mesmo centro espírita do seu Salgado, na rua Botucatu, onde baixava o espírito do legendário dr. Fritz. E foi ali que teve notícia da ossada, antes mesmo de escutar Constança.

Durante a sessão, ocorrida dias antes, um dos médiuns incorporados se dirige a pessoa indefinida, mas presente, anunciando a mensagem de outro espírito desencarnado, que pede socorro, que pede orações, porque permanece insepulto na terra e — logo — impedido de empreender a travessia. Zanja e Litinha se entreolham, porque sabem ser de Juba aquele clamor.

No mesmo dia em que Litinha e Zanja vão ao centro, Ifigênia, sem saber de nada, sonha com Júnia, uma das vítimas do tiroteio. Nesse sonho ou, mais precisamente, pesadelo, Ifigênia era levada por Júnia por um caminho muito escuro e muito frio, sobrecarregado pelo gemido de pessoas mortas, e que tinha cheiro de sal e enxofre, para revelar onde o irmão estava. É claro que, dado o aspecto tenebroso daquele umbral, e por ter logo despertado com o coração aos pulos, Ifigênia não chegou a ver o lugar onde esteve.

Ora, Palmira ouviu esses dois relatos; e soube por Domício do caso da Figueira da Velha. Eram fatos isolados, mas muito consistentes. Havia neles aquela lógica que dispensa a verdade. Já estava convicta, portanto, da identidade da ossada.

Mas não chora a madrinha de Domício — porque nunca choram as mulheres de Alagoas. E, se chorasse, não seria de tristeza. Naqueles oito anos, vinha passando pela maior de todas as incompletudes existenciais: a privação do luto. Nos aniversários da suposta morte ou nos dias de Finados, ela nunca tinha ido ao cemitério — porque não havia um túmulo onde pudesse deixar flores. Também não havia encomendado missas, porque não dispunha de um atestado de óbito, ainda que em nenhuma paróquia lhe fossem exigir essa prova. Costumava apenas acender velas nos queimadores das igrejas, nas segundas-feiras, dia consagrado às santas almas, quando comparecia, invariavelmente, anonimamente, de terço e véu. E toda essa tortura terminava ali, naquela quinta-feira.

Devo advertir que Ifigênia não contou o sonho senão pra mãe; e que Litinha revelou a mensagem do insepulto apenas para a comadre. Quando esses fatos são sabidos de todas, há um silêncio pesado. As irmãs se entreolham; Litinha soluça. Parece que vem à mente delas, ao mesmo tempo, uma lembrança antiga, um único nome que ninguém pronuncia: Carijó.

Para Palmira, contudo, mesmo essa possibilidade passava a ser irrelevante. Como também eram os exames, as análises, os pareceres, os laudos, as certidões. Tem assuntos práticos a resolver, providências a tomar. Por isso se levanta para procurar o marido — que está sozinho, na cozinha, com os cotovelos apoiados na mesa de tábua, relendo em voz alta os excertos mais maçantes do *Fausto*, enquanto toma café.

O bicho

Quarta-feira, 9 de janeiro de 1974

Pressinto que quem lê não compreende tudo, alguns mistérios implícitos nesses primeiros movimentos. E não compreende, especialmente, a componente principal: a origem do palpite que revela o Tigre. Retrocedo, assim, à manhã daquele dia. Domício desce cedo do quartinho da Borda do Mato, atravessa a rua, dobra à esquerda, na Gurupi, e caminha até o ponto para esperar o 226, ônibus da linha Grajaú-Carioca. O detetive senta no banco de trás e abre o livro das aventuras de Hans Staden. O exemplar era de 1900, edição da Casa Eclectica, enriquecida com as xilogravuras originais; e tem, na folha de rosto, o ex-líbris de Tobias Baeta. Na metade do capítulo 43, ele se detém num parágrafo que lhe parece absolutamente genial; e aproveita a circunstância de estar o ônibus parado para sublinhar, a lápis, aquele trecho.

Mal conclui o gesto, o sinal abre; e Domício percebe que já chegava no ponto da praça onde costuma saltar. Fecha o volume, passa pela roleta e espera, em pé, a próxima parada.

Era aquela a rotina: o detetive saía de casa, no Grajaú, pegava o 226, sentava no banco de trás e descia na Saenz Peña. Durante o trajeto, lia. E na praça, antes de caminhar para o escritório, tomava café num balcão de botequim; comprava jornais e um maço de cigarros; e apostava ao menos vinte cruzeiros no bicho — aumentando o valor conforme a força do palpite.

31

A circunstância de haver certa ordem, certa circularidade naqueles movimentos, não implicava monotonia nem falta de emoção: porque os livros mudavam; e o bicho nunca era o mesmo. Naquele dia, Domício Baeta carregou cem cruzeiros no Tigre.

Não descreverei o jogo — que constitui, em si, uma ciência exata. Basta saber que se trata de um simples sorteio de números; e que cada número corresponde a um bicho, segundo uma fórmula matemática.

Aqui, importa mesmo é conhecer quem joga; ou melhor: o tipo humano de quem joga — porque desse tipo humano se obtém Domício.

Jogadores, em geral, se valem da interpretação dos sonhos para prever o resultado do sorteio. Mas há quem desenvolva métodos próprios, sistemas de adivinhação ou teorias estatísticas peculiares. Alguns, por exemplo, apostam sempre nos mesmos números. Outros optam pelos bichos atrasados, que não saíram nas últimas extrações. Há quem copie a placa do primeiro carro que cruza a rua; e os que se inspiram na figura formada pela borra do café, no fundo da xícara.

O método de Domício era relativamente original: percebia o bicho em função do livro que vinha lendo no ônibus. Naquele dia, teve palpite no Tigre quando sublinha a frase *jau ware sche*; ou, mais corretamente, *jaguara ixé* — eu sou uma onça.

Vou resumir esse passo, para vocês entenderem: Hans Staden, prisioneiro dos tupinambás, prestes a ser morto e devorado, encontra o tuxaua Cunhambeba comendo um pedaço de carne humana; tenta convencê-lo a abandonar esse costume, argumentando que nem mesmo animais irracionais devoram outros da mesma espécie. O herói indígena, então, antecipando a ironia machadiana, responde simplesmente: eu sou uma onça — *jaguara ixé*.

Ora, a frase sublinhada aparecia também num samba da Floresta do Andaraí, para o enredo "Cativeiro de Hans Staden", de 1957, que Jorge Cego gostava de cantar. Tinha sido composto pelo Juba, o primo morto ou desaparecido — que seguramente tinha lido aquele livro. Enquanto vai lembrando, mentalmente, do samba inteiro, Domício para diante da banca de jornal. Por casualidade, seus olhos vão bater numa chamada de pé de página, numa denúncia sobre a atuação ilegal de caçadores no Mato Grosso: *Fiscais apreendem filhotes de onça na feira de Caxias.*
O detetive, então, pressente a sorte.

Segunda-feira, 7 de janeiro de 1974

Naquele dia, a firma Saad & Khoury, uma distribuidora de material hospitalar onde Macula era auxiliar de almoxarife, recebeu a visita de fiscais. Houve discussão, nos escritórios de cima. E, à tarde, na hora do almoço, Macula escutou palavras como "desfalque" e "descaminho". Não compreendeu perfeitamente o contexto, mas o pressentimento foi ruim.

No fim do expediente, passa primeiro no Rodo, dá um pulo no Anésio, sobe a Ferreira Pontes e para na tendinha do Biro, cumprindo a rota diária. Havia poucos fregueses; entre eles, Jorge Cego, que fumava. Quando vai se dirigir ao mestre, avista o Sóta, vindo pelo Cotovelo. O cumprimento, entre os dois, é em silêncio. Há uma expressão de inquérito no semblante de Macula. Sóta balança a cabeça, num movimento de negação.

Raciocinem: Sóta era apontador; Macula, jogador. O assunto, como se deduz, é o bicho: e não deu o bicho que se esperava. E o que se esperava era o Galo. Estão frustrados. Porque tinham certa convicção, certa certeza, de que aquele dia era o do Galo. E seria o do Galo por conta do Malaio, o contraventor dono da rinha, do galpão onde ocorreu a chacina. O apelido "malaio" advinha precisamente da raça asiática de galos de briga, considerados superiores pelos especialistas da arte.

Ora, naqueles dias, como Sóta veio a saber, tanto Tãozinho quanto dona Bené tinham sonhado com Júnia, que foi amante de Malaio, e que teria sido destaque da Floresta do Andaraí se não houvesse acontecido o ataque à rinha na fatídica reunião da sexta-feira 13, em maio de 66. Júnia não foi destaque porque morreu nesse dia, varada por um tiro de escopeta.

Era natural que Tãozinho sonhasse, ou tivesse pesadelos, com Júnia, já que se atirou no chão na hora do tiroteio e ficou abraçado ao cadáver da moça até os carros partirem. Todavia, o sonho de dona Bené, cozinheira e primeira baiana da Floresta, não tinha uma origem razoável, uma explicação plausível. Júnia, portanto, configurava um excelente palpite. O problema, para Macula e Sóta, era identificar o bicho que correspondia a ela — e o único que lhes vinha à cabeça era o Galo, por causa do Malaio.

Ninguém no morro conheceu Júnia verdadeiramente. Tinha nascido no asfalto, num dos belos casarões da rua Curupaiti, no Méier. Foi colega de Ifigênia no colégio, o tradicional Companhia de Maria, do Grajaú. Grande vergonha solapou a família, quando se soube que aquela menina tão bonita, bem-criada, bem formada, destinada a um bom casamento namorava um cafetão — muito mais velho que ela. E que, além dessa baixeza, requebrava ao lado dele nas quadras das escolas de samba como uma cabrocha qualquer.

Não foi caso de expulsá-la de casa, porque ela mesma tinha se antecipado; já morava sozinha; e não precisava da mesada do pai. Mãe, pai, os dois irmãos — ninguém chegou a rejeitá-la por isso; só não admitiam que ela fosse visitá-los na companhia do agiota. Para ela, tal escrúpulo era irrelevante, porque não era, não se sentia casada.

Então, veio a sexta-feira 13. Não tentarei descrever o que houve no casarão da Curupaiti, porque não tenho o dom da poesia trágica. Mencionarei apenas fatos, que são reais: a mãe, antes mesmo do enterro, se atirou pela janela de um dos últimos andares do prédio do Palácio da Fazenda. O pai, que trabalhava lá, repetiu o gesto, uma semana depois.

É recordando essa história que Macula sugere outro método: apostar tanto no número da casa da Curupaiti, quanto no do Palácio da Fazenda. Respectivamente, como havia apurado, no 132, Camelo; e no 375, Pavão. Sóta defende outra tese: descobrir a fantasia que Júnia teria vestido se a Floresta houvesse desfilado em 67. Desejos insatisfeitos, sonhos incompletos muitas vezes prendiam na terra o espírito dos mortos. Talvez o bicho de Júnia estivesse ligado a essa frustração, a de não ter desfilado com a fantasia luxuosa de destaque.

Jorge Cego, que estava perto, e escuta tudo, comenta apenas: *elas estão voltando*. E lança a guimba, ainda acesa, quase nos pés de Sóta. Era, como se verá, fenômeno já constituído; era um fato, mesmo não sendo real. O gesto negligente do mestre chama a atenção de ambos. A frase dita, nem tanto. Ainda não compreendem aquele viés da questão.

A moça

Quarta-feira, 9 de janeiro de 1974

Ainda não falei de Donda, a mulher com quem Domício pretendia se encontrar, quando subiu o morro; e de quem acabou se esquecendo, por causa da ossada — ou das coxas de Dêda. Dizer "mulher" configura um excesso: era só uma moça, uma menina, de uns vinte e poucos anos, fresca, cheirosa, bonitinha e de pernas roliças. Donda trabalhava de caixa nas Casas da Banha do largo do Verdun, perto da Borda do Mato. Domício ia raramente nesse mercado, mas tinha o compromisso de levar língua de porco defumada na rua Mearim, porque Litinha não aceitava as de outra procedência.

No caixa das Casas da Banha, diante da moça, aplica, pela força do hábito, uma cantada banal. Ela dá uma risada: *te conheço, cara; moro na Ferreira Pontes*. Ora, saber que já tinha sido notado pela caixa, mesmo antes de se conhecerem, dá a ele a mesma sensação do caçador diante da caça encurralada. E tem o impulso de esperá-la na hora da saída, escondido atrás do poste, dissimulando que tinha sido por acaso e convidando para uma cerveja.

Donda não era, todavia, fácil. O detetive demorou quase seis meses, teve que fazer muitos convites, gastar muita conversa, se diminuir, fingir ter bom caráter — até levá-la ao Bariloche, na rua Haddock Lobo. Só não sabia, Domício, que não se tratava de mulher para uma única vez.

No quarto, quando volta do banheiro, encontra a moça já nua, recostada no espaldar, com os joelhos afastados. Ele não perde a soberba, se aproxima, apoia a mão direita sobre uma das coxas, beija os lábios dela e se prepara para descer com a língua pelo resto do corpo — quando recebe um repelão no peito, quase um coice: *me come de quatro*. E ela salta para o lado, virando de bunda, pronta, pra fazer do jeito dela.

Donda representou, para ele, naquele quarto, no pardieiro que era o Bariloche dos anos 70, um acontecimento único, um experimento iniciático, um rito de passagem: era gulosa, desbocada, tinha depravações que superavam as de mulheres mais velhas. Donda foi, assim, a maior trepada da vida de Domício. Uma trepada antológica, ontológica, antropológica — que transformaria o detetive no homem que ele viria a ser.

Então, naquela quarta-feira, na tendinha do Biro, enquanto o detetive se dispersa, entretido com as comadres e compadres, comentando a ossada e gastando por conta do Tigre — Donda (que não esperava Domício) se cansa de ficar em casa, naquele calor, e desce. E vê seu homem com os olhos sôfregos passeando em Dêda. A sequência da cena é banal: Donda não sorri, como fazia sempre; Dêda finge que não é com ela; e Domício, que percebe a reação das duas, estufa o peito, larga o copo, paga a conta, se despede, abraça a Donda e sobe.

Na porta de casa, ela não convida o homem para entrar. Também não toca no assunto "Dêda". Ficam ambos do lado de fora, versando sobre trivialidades, até que as luzes comecem a se apagar, as vozes silenciem e passem dois ou três vizinhos.

É quando desce, vindo pela banda do Jamelão, um pequeno grupo vestido de branco, com colares de contas, levando alguidares, flores, garrafas e um fogareiro cheio de carvão ainda em brasa, fumegante, suspenso por dois ganchos de ferro. Era, como se sabe, um despacho.

Domício e Donda se calam, conforme o preceito, deixando que passem sem cumprimentá-los. Pelas características do carrego, deduzem ambos que o destino do grupo é uma encruzilhada em forma de T — um entroncamento de três ramos, figura consagrada às pomba-giras.

Não demoram, os de branco, para voltar. E cruzam de novo com o casal. *Mãe Téta tava te esperando hoje*, uma das cambonas se dirige a Donda. Diz isso baixo, quase num sussurro; e não espera réplica: continua subindo, atrás dos outros, pelo caminho que vem do Jamelão e que vai dar no terreiro da mãe Téta. Domício faz aquela cara de quem não entende. *Disseram que eu tenho de me desenvolver*, explica a moça, *mas não queria ir sozinha*.

Domício não sabia que Donda vinha frequentando o terreiro do Jamelão. Nunca tinham tocado naquele tipo de assunto. O detetive não ia numa gira há muito tempo, embora tivesse crescido ouvindo a batida dos tambores e a poesia hermética dos pontos cantados. E promete ir com ela, na quarta-feira seguinte. Enquanto faz essa promessa, tenta, delicadamente, encostá-la na parede. Mas Donda se esquiva, insinuando que queria muito, mas já era tarde: *amanhã pego cedo no batente*.

O detetive, então, desce a Ferreira Pontes; constata que o Anésio está fechado; e caminha, no calor da noite, fazendo os próprios passos ritmarem na calçada. Em casa, toma um banho frio, escova os dentes, bebe um copo d'água — mas demora muito a dormir, obcecado pela imagem de Donda, nua, condescendente, compartilhada por ele e pela mulher das fotografias extraordinárias que tinha revelado de manhã.

Entre 1900 e 1942

Para falar de Donda, mencionei o terreiro da mãe Téta; mas não posso esmiuçar mãe Téta sem antes explicar Tãozinho.

Segundo todos os registros e depoimentos, Tãozinho, além de fundador da primeira escola de samba do Andaraí, foi a primeira criança a nascer no morro, na primeira casa erguida à margem do primeiro caminho aberto quando se descobriu a primeira mina d'água que brotava naturalmente na floresta — caminho esse rebatizado mais tarde de rua Leopoldo.

Cresceu ali; praticamente não saiu dali. E, quando saiu, foi para tratar de assuntos importantes, porque voltava, quase sempre, acompanhado de uma mulher. Tãozinho teve uma sequência de mulheres: Dalva, Diva, Dôra, Téta e Tude. Vale sublinhar que todas elas eram vivas em 1974; que moravam no Andaraí, cada uma em sua própria casa; e que recebiam o marido regularmente, uma vez por semana, de segunda à sexta, na respectiva ordem hierárquica, consoante a data do casamento ou da união.

Vou esmiuçar o sentido desse *ou*: Tãozinho primeiro se casou com Dalva, de papel passado no cartório da 8ª circunscrição, na Tijuca; um ano depois, aparece também casado com Diva, com registro num cartório de São Gonçalo; pouco depois, apresenta Dôra, exibindo documento de um ofício em Caxias. Téta e Tude, contudo, não tinham papel para mostrar. Entravam na categoria das mulheres amigadas, como então se dizia.

E Tãozinho teve fieiras, cambadas de filhos. Segundo os melhores cálculos, uma média de dez com cada uma. Ou seja, cerca de cinquenta, num prazo de uns doze, quinze anos. Esses descendentes logo geraram outros, que foram gerando outros e mais outros — até tomarem quase o morro inteiro.

Consideradas as dimensões do Andaraí, Tãozinho está à altura de personagens insignes como um Gengis Khan, por exemplo, que povoou as estepes turcas e mongóis com milhares de filhos, a ponto de ser, hoje, antepassado de cinco por cento da população da Ásia.

Se Gengis Khan conquistou impérios, Tãozinho fundou a Floresta. Se Gengis Khan fazia escravos e mantinha haréns de concubinas, Tãozinho se dedicava à criação de passarinhos, com um número praticamente infinito de gaiolas e viveiros, em uma casa só dele — a dos fins de semana, de sábado e domingo, quando não tinha obrigação de dormir com nenhuma das cinco mulheres e podia se isolar bem lá em cima, nos confins da Arrelia, na fronteira da mata fechada.

São tais caracteres que autorizam a dúvida: teve Tãozinho cinco mulheres; ou as cinco mulheres é que resolveram repartir Tãozinho? E não seria mesmo uma vantagem, amigas minhas, dividir um homem sem barriga, cumpridor, que incomodasse pouco, tirasse a mesa, lavasse a louça e só tivesse ciúme dos seus próprios passarinhos?

O fato é que, apesar das rusgas naturais, das breves disputas de poder ou de prestígio, as mulheres do Tãozinho até que se aturavam. Com uma única exceção: Téta. Porque, segundo Dalva, Diva, Dôra e Tude, Tãozinho não tinha se apaixonado por ela do modo inocente como foi com as outras quatro: ele tinha sido vítima de amarração, de feitiço, de magia. Não era, portanto, uma relação legítima.

Sobre esse ponto, não posso tomar partido. Conheci as cinco. E me arrisco a afirmar que Téta (na minha época, quase setentona) era mulher impossível de se rejeitar, mesmo para um rapaz terrivelmente honesto como eu. Em toda beleza há, naturalmente, alguma espécie de mal.

E Téta, além de bela, era, dentre as cinco, a única macumbeira, médium no terreiro de seu Tata Mirim, onde recebia os espíritos de Anastácia Quimbandeira, de uma Iara do mar, do menino Espoleta, de uma Maria Navalha, além do caboclo das Sete Cobras — guia de frente da sua coroa. É desse ponto que se puxa o fio da história do terreiro.

Tata Mirim tinha sido um dos raros capoeiras que remanesceram da perseguição, do genocídio promovido pela polícia da Primeira República. Depois de deixar a prisão, já durante a ditadura Vargas, andou rondando pela Zona Norte, procurando emprego e morada, até conhecer Venâncio Rebouças, pai de Domício, que o conduziu ao Andaraí e ao Jamelão, onde assentou — depois de receber um chamado de cima — os fundamentos de um terreiro consagrado à sua Moça: Maria Padilha das Sete Encruzilhadas.

Foi um grande feiticeiro Tata Mirim. E também iniciou muita gente, desenvolveu muitos médiuns, por meio dos quais se fez muita cura, se desfez muita demanda, levando a fama do terreiro além de suas fronteiras, para alcançar Vila Isabel, Tijuca, Maracanã, Engenho Novo e Méier.

Mas essa pomba-gira, certo dia, mandou recado, por uma de suas cambonas, de que o cavalo corria risco de vida. E o Tata recebeu o recado, quando seu espírito voltou ao corpo, ficando ciente das coisas que devia fazer (ou se abster) para adiar o destino. Isso é o que se sabe.

O que não se sabe é se houve alguma desobediência, algum descumprimento, por parte do Tata, relativamente às ordens recebidas da sua Moça. Então, numa outra gira de catiços, os curimbeiros puxaram quase uma centena de pontos da Maria Padilha das Sete Encruzilhadas — que não baixou. Tata Mirim trocou de saia sete vezes; tomou sete banhos; prometeu sete carregos; e nada. Foi quando aconteceu.

Téta, que costumava receber apenas aqueles cinco espíritos já mencionados, é tomada de repente por uma entidade nova, diferente, enigmática, que nunca tinha vindo ao Jamelão. Pelo trejeito, pelo andar, pertencia certamente ao gênero das pomba-giras. A misteriosa Moça, todavia, não dá o nome, não cumprimenta, não espera ser vestida nem servida por nenhuma das cambonas. Parece apenas encarar, como quem desafia, o espírito de seu Caveira, ora encarnado num dos filhos do terreiro; e parte na direção do quartinho onde ficava o gongá, cujos degraus eram ornados com toalhas rendadas. Ali, numa fúria iconoclasta, derruba algumas imagens e uma das velas — precisamente a que estava ao pé do ícone da entidade dona da casa.

Foi tudo o que se viu, que se testemunhou. As cambonas que foram atrás de Téta, ou do corpo de Téta dominado pela estranha entidade, e que levavam sidra, cigarrilhas, saias e lenços de cabeça para tentar agradá-la, não conseguiram impedir o incêndio. O fogo lambeu tudo. E fez uma vítima, única e fatal: Tata Mirim — que se embrenhou nas chamas, lutou com elas, e não resistiu.

No mês seguinte, naquele mesmo lugar, e sobre o mesmo assentamento, Téta, agora elevada à dignidade de mãe de santo, funda um novo terreiro, cujo nome civil era Tenda Espírita São Bento de Pena, consagrada ao Caboclo das Sete Cobras — para quem o conhecimento não tem limites.

Como se não bastasse, sete meses depois, Téta aparece amigada com Tãozinho; e começa a recebê-lo toda quinta-feira, na casa já reconstruída e montada, na área mais nobre do Jamelão. A aversão contra ela, assim, se compreende; conquanto não se justifique, do meu ponto de vista. O fato é que Téta nunca obteve o mesmo prestígio, o mesmo reconhecimento conquistado pelo Tata Mirim. Até porque a pomba-gira inominada ainda voltaria a se manifestar.

A figueira

De antes de 1900 a 1974

Quem subisse a Ferreira Pontes, passasse pela tendinha do Biro, alcançasse o fim da rua, pegasse a escada que vai dar no Jamelão e, a partir desse ponto, em vez de descer à direita, pelo caminho natural de pé de moleque, continuasse subindo — encontraria à esquerda uma trilha ou picada, que contorna a pedreira onde ficava a bica d'água e vai dar na Figueira da Velha, quando a mata se fecha.

Como se sabe, figueiras são árvores da consagração da Morte. Algumas delas, inclusive, as chamadas *mata-pau*, chegam a ser canibais: germinam sobre outras árvores, estrangulam, sugam, absorvem e matam, incorporando a vítima ao seu próprio tronco.

Apesar do seu aspecto sinistro e irregular, têm uma beleza imponente, as figueiras, para olhos humanos, porque o mal seduz. Os mortos, contudo, distinguem nelas mais do que mera beleza; conseguem perceber naquela deformidade a mesma simetria e perfeição que atribuímos ao círculo.

Era na Figueira da Velha que morava Carijó, a personagem lembrada por todas as mulheres no dia em que Constança anunciou a descoberta da ossada, depois de Litinha ouvir a mensagem de um espírito insepulto, depois de Ifigênia sonhar com o irmão morto.

Não sei por que a Figueira é da Velha. Dizem uns que antes viveu nela a mãe do Carijó. Outros que essa "velha" na verdade foi uma onça; ou uma harpia; ou uma jiboia. O fato é que pousavam entre seus galhos, segundo testemunhas oculares, apenas três pássaros: uma coruja, um saci e um morcego. Só um deles, todavia, era humano.

Mas devo falar de Carijó. Posso apresentá-lo através de breves contrastes com Tãozinho: um foi o primeiro a nascer na primeira casa do primeiro caminho, o outro sempre esteve ali, remanescente do povo antigo que viveu nas cavernas da mata; um tinha cinco mulheres, o outro, as fêmeas dos bichos; um fundou a Floresta, o outro amarrou a Figueira; um gerava, o outro matava; um simbolizava a vida; o outro, a aniquilação.

Vivia ali sozinho, nunca saía da mata, nunca vinha para a zona do morro onde ficavam as casas. Mesmo assim, entre suas posses havia machados, facões, panelas, colheres e outras ferramentas e utensílios de ferro e latão.

Era estranho, porque Carijó (diziam) não aceitava pagamento; não fazia comércio, nem escambo. Se nunca saía da mata, como essas coisas tinham parado lá? E mais: mesmo para quem nunca saía da mata, o feiticeiro conhecia as ruas e as casas onde as pessoas moravam, sabia onde ficavam os lugares, descrevia paisagens como quem conhece, não de ouvir dizer, mas de ter estado lá. Havia gente que afirmava ter visto Carijó conversar com animais. Do mesmo modo, garantiam outros que ele podia dominar pessoas à distância, pelo pensamento; que as obrigava a fazer coisas de que não se lembravam.

Todo esse mistério de se saber quem era exatamente Carijó, toda a especulação sobre como ele se sustinha, se caçava, se pescava, se plantava, o que comia, como tinha conseguido toda aquela tralha, como conhecia tanta coisa sem sair da floresta fez grassar no Andaraí a fama de que fosse, na verdade, uma espécie de homem-morcego; que, nas noites sem lua, quando se ouvia longe o xaxo de um chocalho ritmando na floresta, ele se desentocava e descia, voando como sombra; e invadia casas, roubava coisas, abusava das mulheres, às vezes de crianças.

Mas isso nem era o pior: Carijó, na forma de morcego, invadia o sonho das pessoas, assistia, testemunhava tudo; e, muitas vezes, entrava em cena, se convertia em personagem do que era sonhado. Nesses casos, podia até modificar destinos.

Sábado, 14 de novembro de 1959

Turquesa, acomodado numa das raízes da figueira, observa Carijó, de cócoras, passando o café. *Olha, moço, sou do tempo que aqui andava onça, anta, veado...* Apesar do calor, decidiu aceitar a bebida quente e forte oferecida pelo velho.

Não era uma casa; nem uma cabana; nem mesmo um abrigo provisório, como os dos caçadores nativos, feitos com galhos e folhas, quando se acham longe das aldeias nas expedições de caça. Se Carijó houvesse construído algo assim, não era visível da pequena clareira onde estavam, já dentro da mata fechada, que tinha no centro a Árvore da Morte.

A figueira era a casa. Nos galhos, penduradas, havia longas mantas; e, entre as raízes, espalhados, além da moringa e de um pote grande de barro, várias ferramentas e utensílios de ferro, como facas, facões, rolos de arame, uma enxada, um serrote, uma lamparina, uma panela e uma frigideira de latão, canecas e pratos de ágata, além do fogareiro e da trempe, onde foi fervido o café.

Não foi a posse desses bens que impressionou Turquesa. Eram coisas que poderiam ter sido doadas por qualquer pessoa. O que era estranho, o que era surpreendente estava nos nichos e nervuras do tronco irregular da árvore, onde Carijó guardava açúcar, sal, arroz, feijão, óleo de soja, pó de café, farinha de tapioca, farinha de rosca, carne salgada. Precisaria também, regularmente, de querosene; e de fósforos, para acender a lamparina e o fogareiro — além, naturalmente, dos muitos cigarros que fumava.

Ou seja: necessitava de idas e vindas constantes a um mercado para se abastecer. Como, então, conseguia obter aquilo tudo sem usar dinheiro, sem nunca ter sido visto fora dos limites da mata? Só se houvesse alguém que fizesse para ele esse carreto: Turquesa não levava fé naquela história de uma sombra entrando nas casas, provocando pesadelos, violando mulheres, furtando coisas. Mas estava lá: algum poder aquele velho tinha.

Agora é tarde, filho, dizia o homem-morcego, *não tem mais volta, nem nessa menina você pode confiar*. Falavam de Núbia. Porque Turquesa, naquela época, simples formando da Academia de Polícia, pensava em se casar com ela. E Núbia, com o corpo que tinha, com o sobrenome que tinha, com o dote que teria, era um ótimo partido. De quebra, Turquesa ainda gostava dela.

Mas esse sonho que você teve não fala de mulher, filho, continua o velho, *um dia, quando você tiver esquecido, vai ver no espelho, e vai lembrar*. Era nesse poder que Turquesa acreditava — no saber onírico de Carijó, na sua capacidade de interpretar os sonhos. E ele vinha tendo pesadelos recorrentes, quando acordava sobressaltado, de pau duro, e não conseguia voltar a dormir sem antes se aliviar no banheiro. *Você vai se olhar no espelho e vai ver, vai lembrar*. Incrível, aquela fusão entre prazer e desespero numa mesma imagem erótica. *Ela vai voltar, vai aparecer no seu espelho, você vai ver essa caveira outra vez...*

No sonho, ou pesadelo, uma mulher vestida de noiva aparecia diante dele de joelhos, rosto oculto pelo véu, fazendo aquilo que provocava a ereção; mas parava de repente, pouco antes do clímax, levantando lentamente a cabeça, chamando o nome de outro, enquanto revelava a verdadeira face. Assombravam o caráter físico daquelas sensações oníricas, enquanto a noiva estava de joelhos; e a fascinação, a excitação repulsiva que aquele outro nome induzia.

Mas se o sonho não tratava de mulher, se ele não podia confiar em Núbia, se não podia desfazer o que tinha sido feito — pra que tinha ido até lá? Pra ouvir aquelas frases vagas, aquelas previsões herméticas? Turquesa precisava de respostas. E estava a ponto de dizer um desaforo, quando o homem-morcego fala: *a menina também sonhou com você... pergunta a ela... nem nela você pode confiar...* E descreve o sonho de Núbia — embora Núbia nunca tenha subido aquele morro, nunca tenha contado esse sonho a ninguém.

E Carijó se levanta, estica as pernas, se espreguiça; sobe numa raiz, fica na ponta dos pés e tira de um oco do tronco um maço de cigarros. Assim que risca o fósforo, olha, subitamente, para cima, como quem é pego de surpresa. *É a minha coruja. Voltou. Tenho tarefa pra fazer...*

Turquesa — que não tinha escutado nenhum pio, nenhum grasnado, nenhum tatalar de asas — mira na mesma direção do olhar do homem-morcego: a copa frondosa da Figueira da Velha. O futuro delegado esmiúça as pálpebras, mas só distingue sombras; e faz aquela cara de quem não entende. *Não é preciso ver pra saber das coisas, filho.*

E Carijó despacha a visita: *venha quando a caveira aparecer no espelho.*

O esquadrão

De dezembro de 1957 a 2 de setembro de 1964

Falei de Juba; apresentei Turquesa. Chega a hora de mencionar Escóte, o terceiro vértice do trio. Desde a infância, passada entre Grajaú, Vila Isabel e Andaraí, ganharam fama de amigos inseparáveis. E foi mais que uma simples amizade: estudaram nos mesmos colégios; jogaram as mesmas peladas; soltaram os mesmos balões; cortaram pipas com o mesmo cerol. Embora não torcessem pelo mesmo time, iam juntos ao Maracanã. Rapazes, passaram a frequentar os mesmos sambas. Dividiram, muitas vezes, as mesmas mulheres. E decidiram cursar juntos a Academia de Polícia.

O impulso, o desejo, a ideia parte precisamente de Escóte, que tinha fascínio pelo famigerado Índio — como era conhecido certo Perpétuo de Flandres, detetive da delegacia especial de Vigilância e Capturas. Esse policial foi uma lenda no seu tempo. Diziam dele que tinha corpo fechado, porque enfrentou diversos meliantes, cara a cara, sem nunca ter sido atingido, nem por bala, nem por faca. Foi ele, aliás, quem deu o tiro fatal em Tião Medonho — o mártir do assalto ao trem pagador. Prendeu inúmeros bandidos célebres: Atlas, Sombra, Biriba, Caveirinha, Arubinha, Mineirinho, Cabo Luiz, Valdir Orelha, Diabo Loiro.

Escóte devorava as seções policiais, lia todas as colunas, as reportagens, acompanhava os casos como se fossem ficção.

Mas é, sobretudo, o propalado dom do corpo fechado, aquela aura de magia e de mistério, que atrai Escóte e que logo contagia os outros.

É quando ocorre um evento decisivo: na Torres Homem, em Vila Isabel, onde Turquesa morava, os três amigos se deparam, por acaso, com o detetive Perpétuo, em carne e osso, subindo calmamente a rua. Quem o reconhece é Escóte, que não resiste: aborda o Índio, declara sua admiração por ele, confessa o desejo de se tornarem detetives, e indaga sobre a carreira de polícia. E o Índio é solícito, dá todas as dicas, abre o jogo sobre tudo, ou quase tudo — porque não se detém sobre o tema do corpo fechado. *É só uma brincadeira por causa do meu nome, coisa dos jornalistas*, diz, mudando logo de assunto.

Por alguma razão que não se explica, o Índio, que tinha o corpo fechado, foi morrer na Favela do Esqueleto, num conflito com seus próprios colegas, policiais da Invernada de Olaria, semanas depois do assassinato do detetive Le Cocq — crime cuja história tenebrosa tentarei iluminar.

Nessa altura, os três amigos já eram tiras atuantes em seus respectivos distritos. E estiveram no enterro, no cemitério de Inhaúma, ao lado de uma imensa multidão de povo, cerca de cinco mil pessoas, como deram os jornais. Todos amavam Perpétuo; todos foram se despedir de Perpétuo: autoridades, colegas de profissão, gente dos Macacos, da Mangueira, do Tuiuti, do Esqueleto, de outras favelas da Zona Norte, onde o finado era tido como protetor; e como herói.

Mais tarde, nesse mesmo dia, sentados num boteco da rua Honório, no Cachambi, quase não tiveram coragem de tocar na questão fundamental da tragédia: qual teria sido a causa real da morte?

Porque não foi, concluíram — contrariamente à afirmação do legista —, a bala disparada pelo tira da Invernada. O projétil que traspassou, de lado a lado, o corpo de Perpétuo cumpriu apenas uma função natural, meramente biológica. A razão verdadeira estava relacionada à quebra de um encanto; à violação de um pacto, de uma cláusula contratual. Os três sabiam que aquele dom do corpo fechado exige sempre um preço alto, exorbitante. Sabiam porque deles era cobrado o mesmo sacrifício. E não estavam felizes.

Era, naquele tempo, a grande angústia dos três, aquela obrigação de não fazer. Cada um deles tinha a sua. Cada um deles pagava um preço diferente — mas muito alto, pela respectiva invulnerabilidade. Cogitavam, diante da garrafa de cerveja, no botequim da Honório, qual teria sido a exigência, a interdição imposta a Perpétuo. Seria semelhante à deles? Nunca tiveram oportunidade de conversar com o finado sobre o assunto. Pouca gente na polícia falava daquilo. Parecia um tema proibido. Mais: parecia consistir numa vergonha.

Só podiam ter certeza de uma coisa: o Índio não teve mais como pagar.

Domingo, 22 de novembro de 1959

A cena agora é em outro botequim, cinco anos antes, na esquina da Barão de São Francisco com a de Cotegipe, em Vila Isabel. Turquesa divide uma gelada com Escóte, quando Juba chega. É pena isto aqui não ser um filme, para que vocês pudessem ver e interpretar os três semblantes, as três expressões constrangidas, cada uma a seu modo, por motivos distintos.

Começo por Turquesa, que logo se levanta quando vê o amigo entrar. Depois de visitar Carijó (como sabemos), tinha rompido o compromisso com Núbia, a irmã de Antenor. Namoravam há quase dois anos; e, assim que entrou na academia de polícia, começou a falar em casamento. Casamento, aliás, era uma imposição do pai de Turquesa, homem influente, ligado à política, que projetava para o filho um futuro mais ambicioso que o de ser um simples detetive de polícia. Nesse sentido, constituir uma família, na mentalidade do tempo, era fundamental.

Juba, por sua vez, ao pisar no botequim, estaca quando percebe a presença dos amigos, tentando medir, talvez, a temperatura com que seria recebido. Tinha espinafrado Turquesa, teve de se conter para não esmurrar a cara dele, quando soube do fim do namoro. Mas já estava arrependido. Por fim, temos Escóte, que não tinha envolvimento direto com a dissensão em torno de Núbia. Tinha tentado apaziguar os ânimos, conciliar os amigos; compreendia a decepção de Juba, embora houvesse reconhecido, no fim das contas, as razões de Turquesa. Escóte estava, sobretudo, com vergonha de dar uma notícia que não tinha nada a ver com aquilo. *Vamos passar um pano nessa história*, Juba propõe. Estavam já sentados, diante de três copos. Já tinham se abraçado, momentos antes. Já não eram, há alguns meses, os mesmos amigos inseparáveis da infância: eram irmãos de sangue, feitos na faca. *Você tinha era de ser solteiro*, diz Escóte. Turquesa rebate: *meu pai me mata*.

O primeiro fator que explica esse triálogo é Carijó: o homem-morcego tinha descrito, para Turquesa, um sonho de Núbia. Nesse sonho, a irmã de Antenor sonhava com o futuro delegado; sonhava que entrava de branco, numa igreja; sonhava que entrava de braço dado com Tobias, o pai; sonhava que alcançava o altar e era recebida pelo noivo; sonhava que esse noivo era Turquesa; sonhava que o padre dizia as palavras a serem ditas; sonhava que ela dava o *sim*; sonhava que trocavam alianças; e sonhava que, quando se voltava para dar o beijo sacramental, apesar do nome pronunciado pelo padre corresponder ao de Turquesa — os lábios beijados eram de outro homem! Foi esse sonho que Turquesa invocou para romper o compromisso.

Não cantarei a cólera de Núbia, porque não sou Homero. Turquesa confessa que levou um tapa, no meio da cara, e ouviu os mais tremendos palavrões, quando narrou esse sonho para a irmã de Juba. Ela, no entanto, negou que houvesse sonhado, que tudo aquilo era mentira, era desculpa esfarrapada de canalha. Mas Turquesa não tinha escolha: o velho havia dito que era trato feito, não tinha volta. Para os três.

É quando Juba bebe um gole, cria coragem, e revela: Núbia ainda não tinha sonhado quando Turquesa contou o sonho pra ela. Mas sonhou depois, tinha acabado de sonhar e de dizer pro irmão. Ela mesma, Núbia, já não queria Turquesa. Carijó não tinha descoberto o passado — mas projetado o futuro. E Juba aperta o braço de Turquesa, pedindo perdão.

Por alguns instantes, o silêncio pesa. Todos pensam no poder do velho da figueira, cujo nome ninguém pronuncia. Não saberei dizer se houve, em ao menos um deles, algum remorso.

De repente, Escóte enche os copos com a garrafa que acaba de chegar. Propõe um brinde. E anuncia: *estou com a Sheila... começamos na quarta passada.* A cerveja, que veio quente, acentua bastante o constrangimento.

A Floresta

Entre 1949 e 1960

Dizia Tãozinho que aprendeu com os passarinhos a escutar o mundo. Foram eles, os passarinhos, que o fizeram entender o Andaraí e enxergar seu povo. E Tãozinho concebeu e fundou a Escola de Samba Floresta do Andaraí para ser a glória das agremiações carnavalescas.

Debutando em 1949, a Floresta conquistou dois quartos lugares sucessivos, sem dever nada a grandes como Unidos do Salgueiro, Aprendizes de Lucas, Azul e Branco e Império Serrano. Outros grêmios importantes — Portela, Mangueira, Capela, Unidos da Tijuca — não quiseram medir forças com a escola de Tãozinho, preferindo desfilar em outra liga.

Todavia, a Floresta logo começou a cair, desfile após desfile, até se afundar na última colocação, em 1955, com a sua catastrófica "Exaltação ao vice-rei Conde dos Arcos", quando houve problemas na concepção do enredo (que se pretendia alusivo à construção de Brasília) e na letra do samba (que ligava o conde aos Arcos da Lapa).

Segundo Alicate, o tesoureiro, funcionário do serviço de compensação de cheques do Banco do Brasil, o problema principal era dinheiro. O morro era pobre, menos populoso que os de Mangueira e Salgueiro, isso sem falar no caldeirão econômico que fervia em Madureira.

Tãozinho, todavia, era o criador daquele mundo e de quase todos os entes que viviam nele. Não poderia se abater com questões materiais. E revoluciona, no ano seguinte, com a contratação da Grega para fazer o risco das fantasias e o croqui dos carros. A Grega, na verdade Katierina Ivânova Krukovskaya, era uma refugiada soviética de orientação anarquista, que desenhava bem e era formada em antropologia pela USP, onde chegou a ter aulas com Lévi-Strauss.

Começa, assim, a fase áurea da Floresta — mesmo sem ganhar títulos, mesmo sem ter conseguido reconquistar seu lugar no grupo principal. Porque, para Tãozinho, o importante era a arte. E sua escola, nesse campo, inovou, rompeu barreiras, deu nova dimensão a temas já então muito gastos. Entre 56 e 58 a Grega desenvolveu enredos indígenas, alguns muito avançados para a época, como "Confederação dos tamoios" e "Cativeiro de Hans Staden".

Em meados de 58, contudo, os componentes se mostraram cansados, reclamavam de todo ano saírem vestidos de índio (como se fosse possível se vestir de índio, segundo os mais descontentes); invejavam na verdade as fantasias das rivais, que desfilavam reis, princesas, grandes vultos militares da Guerra do Paraguai, personagens marcantes da história do Brasil. Chegaram a propor, pensando em agradar a Grega, um enredo sobre os bandeirantes, que tinha alguma coisa de selvagem. Ela, naturalmente, recusou a sugestão; e concebeu o inenarrável "Fenícios no Brasil", que rebaixou a escola para o terceiro grupo.

Por essa altura, as urgências financeiras eram inadiáveis, segundo o Alicate. Todavia, alheia a todo tipo de advertência, em vez de criar alguma coisa simples, algo em que fosse possível reaproveitar alegorias e fantasias de outros carnavais, a Grega vem com uma proposta ainda mais radical: "Capitu, mulher de verdade". Não sei se mencionei que a Grega era casada.

Foi o primeiro fracasso de Tãozinho, incapaz de manter a coesão interna. Começaram os boatos, as fofocas, diziam que a Grega era comida do Juba; que ele só começou a ganhar samba depois da chegada dela; ousaram insinuar que a Grega só desenhava e que era ele, Juba, o verdadeiro autor dos enredos, o que representava uma vantagem. Lavadeiras, engomadeiras, faxineiras, mulheres do morro que tinham prestado serviço no casarão da Borda do Mato tinham admirado a legendária biblioteca. Sabiam que Tobias era pai do Juba: ter acesso a livros era deslealdade.

Mas Juba não parecia sensível a esse tipo de argumento. Dizia não ter culpa de ser quem era; nem de Betão da Mina ser pintor de paredes, de Mamão ser roleteiro, de Peixe Frito ser garçom, de Caruara ser carteiro, de Graxaim ser lixeiro, de Bigorrilho ser motorista, de Caroço ser frentista, de Beléu ser contínuo, de Binha ser mecânico. *Só acredito no dinheiro e na morte; um faz pessoas diferentes; a outra faz pessoas iguais.*

Embora tudo isso se dissesse, ninguém podia negar que Juba, sozinho, tinha dado ao Andaraí um clássico como "Cativeiro de Hans Staden". Me constrange fazer o elogio dessa composição, porque sou eu quem faz os sambas de Antenor Baeta; mas não houve, na história da escola, desfile mais exuberante: a agremiação foi a quarta colocada do segundo grupo, e por um ponto não voltou ao pelotão de cima. "Cativeiro de Hans Staden" é, na opinião de muitos, a obra-prima da Floresta e o maior samba de toda a década de 50 — porque a letra vai aos poucos se afastando da figura do protagonista para se concentrar em Cunhambeba, culminando com o inesperado elogio do tuxaua, nos versos finais:

Nessa apoteose triunfal
exaltamos o Brasil canibal
Sou uma onça,
jaguaretê,
e qualquer dia aindo vou
comer você!

O fato é que, por esse e outros motivos, Antenor era querido e admirado. As intrigas vinham dos outros compositores ou de gente ligada a eles. Muitos tinham ódio do Juba: Betão da Mina, humilhado publicamente por conta do samba de 55; Caroço, alijado da parceria do samba de 57; Graxaim, acusado de não saber compor e só entrar com dinheiro; Peixe Frito, primeiro a denunciar a interferência do Juba nas decisões da Grega; Caruara, por razões pessoais que não convém expor; e, acima de todos, Binha — cuja história trágica nos levará de volta à chacina.

A biblioteca

Segunda-feira, 14 de janeiro de 1974

O prédio da rua Jurupari, onde Domício tinha o escritório, era um sobrado, construção portuguesa, com dois quartos acanhados no segundo andar, sendo o térreo composto de sala, cozinha e banheiro, além da área dos fundos, que servia para iluminar e ventilar a casa. Gostava daquele imóvel pelo caráter residencial da Jurupari. Podia, ali, receber clientes sem chamar a atenção. Os vizinhos não incomodavam: à direita, moravam quatro moças estudantes; à esquerda, uma senhora com o filho solteiro, boxeador, halterofilista e remador do Vasco, que não regulava muito bem.

Domício não tinha secretária, nem detetive auxiliar, e por isso fez da sala o escritório propriamente dito, com um jogo de sofás e a mesa de trabalho. No primeiro quarto do segundo andar ficavam o cofre, os arquivos metálicos e uma cômoda velha, onde eram guardadas as tralhas do ofício: fitas, filmes, gravadores, filmadoras, microfones e câmeras fotográficas, como a célebre Minox, que cabia na palma da mão. O outro quarto era o estúdio de revelar fotografias.

Naquela segunda-feira, Domício Baeta tinha uma única tarefa: fazer mais um relatório sobre o caso da Avestruz Vermelha. Voltou do estúdio com uma dúzia de imagens e enfiou todas num envelope pardo, que não endereçou nem indicou remetente. Também iam dentro um recibo de oito mil cruzeiros e um relatório curto, sem assinatura, que tinha acabado de bater à máquina.

Rio, 14 de janeiro de 1974

Senhor,
embora o conteúdo das imagens possa sugerir o contrário, venho por meio deste ratificar as informações constantes dos relatórios anteriores: a investigada nunca manteve, em nenhum momento ou circunstância, qualquer contato íntimo, de qualquer natureza, seja com o suspeito ou com qualquer outro homem, assim como nunca entrou em qualquer tipo de prédio, casa, estabelecimento comercial, ou mesmo hotel. A investigada se limita a passear de automóvel, por ruas do subúrbio, sem repetir itinerários, ocasião em que adota o estranho comportamento que venho documentando e sobre o qual imediatamente lhe informei. Dado que não houve qualquer fato novo, e se repetem as mesmas cenas exaustivamente relatadas desde o princípio das investigações, sinto-me na obrigação de indagar se devo ou não continuar. Aproveito para anexar recibo, relativo aos serviços prestados até a presente data. Sem mais, cordialmente.

Domício Baeta guardou a cópia a carbono desse relatório e o negativo das fotografias numa pasta de cartolina com ganchinhos laterais, dessas que ficam penduradas nas gavetas dos arquivos. Na etiqueta estava escrito CASO DA AVESTRUZ VERMELHA. Costumava dar aos seus casos nomes assim, meio estapafúrdios, em função de certas circunstâncias da investigação ou características da pessoa investigada. Como, por exemplo, o caso do Boteco Assombrado, do Charuto Cubano, dos Dois Banheiros, da Dama de Copas. Avestruz Vermelha fazia alusão ao carro em que andava a mulher referida no relatório: um Ford Belina obviamente daquela cor, com número de placa 4901 — uma milhar da Avestruz.

Embora não houvesse atingido dez anos de profissão, Domício se considerava um grande conhecedor da natureza humana — não porque fosse viciado em livros, mas por trabalhar diretamente com o problema fundamental, e fundador, dos conflitos humanos: o adultério.

O adultério era, para Domício, a instituição elementar que demarcava a fronteira entre cultura e natureza — sendo, portanto, bem anterior às noções de incesto, de crime ou de vingança. A guerra de Troia começou com um adultério; as *Mil e uma noites* começaram com um adultério; o povo brasileiro começou com milhares de adultérios; a obra-prima de Machado de Assis se baseia numa hipótese de adultério; a Bíblia hebraica é repleta de histórias de adultério; a mitologia dos Orixás é repleta de histórias de adultério; o próprio mito cristão é uma história de adultério — pois Maria (pensava Domício) era casada com José. Pessoas que leem muito acabam não batendo muito bem.

Aquele caso, contudo — o da Avestruz —, não se encaixava nos padrões das experiências que o detetive obteve do campo; e era talvez o mais original e instigante, dentre todos em que tinha trabalhado. Primeiro: porque até então não saberia dizer se a mulher era culpada ou inocente. Segundo: porque tinha se defrontado com um esquema de troca de correspondência que o impedia de conhecer a identidade do marido traído.

Enquanto isso, Domício aproveita o resto da manhã para anotar lembretes, ler a seção policial dos jornais, as notícias do Flamengo e, tendo terminado o *Hans Staden*, abrir o primeiro tomo do *Asfalto selvagem*. Admirava o Nelson Rodrigues dos jornais, mas não esperava que num gênero como o romance fosse encontrar a mesma genialidade.

Logo nas primeiras páginas, nos primeiros parágrafos, percebe que o tricolor havia alcançado as alturas de um Dostoiévski, um Machado, um Melville, um Dumas, um Victor

Hugo, uma Agatha Christie; e que nisso, nesse seu cânone bastardo e mestiço, residiam as grandes dissensões com o padrinho: homem que não bebia, que não dispensava a gravata, que só ouvia música erudita, que se denunciava torcedor do América, e que sobretudo enaltecia Lispector, Proust, Joyce, Faulkner, Rosa e Thomas Mann. Ou seja: que se protegia sob muralhas aristocráticas, artificiais — como os protagonistas do *Decamerão*, segregados num castelo para escapar dos ratos, do povo, da verdade.

Perto do meio-dia, larga o romance, pega o envelope das fotografias e sai, tomando a direção da Saenz Peña. Cruza a praça, atravessa a rua e entra no Café Palheta. No balcão, pede uma coxinha e um copo de limonada. Antes que o lanche chegue, o gerente se aproxima; e Domício, discretamente, entrega o envelope. A sequência da ação deveria seguir o roteiro das últimas segundas-feiras: o detetive paga a conta, pede pra embrulharem a coxinha, e deixa o estabelecimento, para ir almoçar num botequim.

Naquele dia, contudo, Domício dissimula: do meio da praça, volta, atravessando a Conde de Bonfim um pouco mais pra baixo, como quem vai para o Cine Carioca. E fica ali fazendo hora, fingindo ler os cartazes, enquanto espreita a entrada do Palheta, até surpreender o gerente sair do estabelecimento e passar o envelope a um tipo alto, forte, careca, de terno preto, que parecia ter sido lutador de *telecatch*.

Quase não há diálogo entre eles, e o careca começa a vir na direção de Domício. Antes, porém, que o detetive possa gravar melhor as feições do grandalhão, ele atravessa de repente a rua e entra num Opala bege, já em movimento, cuja placa fica oculta por um ônibus.

Não era aquele, naturalmente, o perfil de um homem traído. Tinha aprendido com Agatha Christie em *Cem gramas de centeio* que mulheres tendem a gostar dos tipos maus e fortes.

60

O detetive tem certeza de que se trata de um preposto; ou, sendo mais direto, de um capanga do marido. Todo aquele caso estava envolvido em mistério. Desde o primeiro dia, todos os contatos, todas as instruções tinham sido feitas por telefone. Os pagamentos eram retirados com o gerente de um posto de gasolina, no Méier, um maço de dinheiro dentro de uma caixa de papelão lacrada. E os relatórios com as fotografias eram entregues no Palheta.

Não é difícil deduzir que um marido assim, tão zeloso de sua identidade, evitaria dar as caras num lugar tão próximo do escritório do detetive que ele contratava. Logo, o grandalhão careca não era o marido: era um intermediário.

Alguém talvez me pergunte: por que Domício tenta descobrir a identidade do cliente? A resposta é constrangedora: porque tinha ficado extasiado com a mulher fotografada; tinha fantasias recorrentes com ela; e pretendia segui-la às próprias custas, na intenção de cavar uma oportunidade e levá-la para a cama; ou fazer na rua mesmo, barranqueá-la contra um poste ou contra um muro. Não é, dirão vocês, uma atitude digna, a conduta que se espera de um profissional. Mas é que estamos no Rio de Janeiro.

É a cidade que justifica Domício; como também justifica a ousadia da mulher. Ainda não disse que ousadia é essa, apenas que as fotografias reveladas pelo detetive eram "exuberantes, explícitas, comprometedoras".

É hora de contar um pouquinho da história.

Sexta-feira, 11 de janeiro de 1974

Pela sétima ou oitava semana, como vinha acontecendo desde o princípio de novembro, Domício — que vem de casa dirigindo o Fusca emprestado por Farid — encosta num meio-fio, perto da garagem do Tijuca Tênis — lugar determinado pelo marido da suposta adúltera. Faltam cerca de quinze para as dez da noite. Pouco depois, sai dessa garagem uma perua, um Ford Belina, de cor vermelha e placa da Guanabara, final 4901. O motorista, na frente; e a madame, atrás. O detetive dá a partida no Fusca. A Belina avança, na direção do Engenho Novo. Domício se mantém no encalço do alvo, que não parece notar a perseguição. Faz mentalmente o mapeamento dos hotéis daquela área, que pudessem ser o destino do casal; mas nada lhe vem à cabeça. A perua segue, em velocidade moderada. E, na altura do Colégio Pedro II, a cena se repete: a mulher fica de joelhos sobre o banco, lateralmente em relação ao motorista, e — com a luz do teto acesa — abaixa as alças do vestido, deixando à mostra dois esplêndidos peitões: rijos e bicudos. O detetive logo identifica os espectadores: um casal de namorados, encostado no muro, que para de se beijar; e fica estático, sem reação, diante do espetáculo.

A Belina, então, acelera novamente; e vira numa transversal. O Fusca vai atrás, devagar; e Domício volta a avistar o carro da madame, parado ao lado de um rapaz, que se curva sobre a janela do carona, como quem vai dar alguma informação ao motorista. O detetive, naturalmente, não escuta o diálogo; mas vê o moço se inclinar mais, a ponto de pôr a cabeça dentro do automóvel e, num supetão, recuar — quando a luz interna volta a se acender. A risada que ele dá, agora, é audível; e balançando a cabeça várias vezes, como se tivesse visto alguma coisa absurda, foge, apressado, pela calçada, na contramão do carro.

Domício não duvida, pela reação do rapaz, que a mulher houvesse exposto, além das tetas, partes ainda mais íntimas. E é assim, vidrado por aquela tarada magnífica, espetacular, que ele acompanha a Belina, dobrando agora na General Belegarde. O que acontece, então, é um deslumbramento: a madame salta do carro e, debaixo de um poste, finge dançar como vedete, mostrando os peitos e levantando o vestido — até a linha da cintura.

Domício se atrapalha um pouco, mas consegue tirar a primeira foto. E tiraria a segunda, se não percebesse um homem atravessando a rua, passos largos, na direção da mulher. Algo, naquela passada, mais do que no rosto, denunciava uma intenção ruim. A Belina, felizmente, estava perto; e a madame (alertada pelo motorista) consegue entrar a tempo de bater a porta. O homem, contudo, enfia um dos braços pela janela aberta, na tentativa de passar a mão na mulher, mas a Belina arranca, obliquamente, numa manobra proposital, empurrando o agressor.

O detetive ainda vê a roda traseira da camionete correr sobre o tornozelo do homem, que berra de dor e se estatela no chão. Sem prestar socorro, o Fusca continua no encalço da Avestruz Vermelha, que vai aos poucos reduzindo a marcha, depois de pegar a Marechal Rondon.

Aquele ataque súbito deve ter refreado a libido da mulher. E a viagem de retorno, até a Tijuca, não tem incidentes. Na Conde de Bonfim, na altura do Hospital da Ordem Terceira, Domício deixa de seguir a Belina e para ao lado de um orelhão. Dali, telefona, conforme as instruções, para dizer apenas *missão cumprida*; e desligar. O relatório, com o inestimável flagrante fotográfico, seria entregue na outra segunda-feira ao gerente do Café Palheta — repetindo o mesmo roteiro, a mesma encenação já conhecida.

Se estava deslumbrado pela madame da Belina, também vinha sentindo um imenso tédio em fazer a mesma coisa quase toda semana: acumular imagens dos peitos, bunda, coxas e entrecoxas da mesma mulher — para um cliente que não conhecia, de quem nunca tinha visto a cara. Começou a suspeitar estivesse sendo usado numa espécie de jogo erótico do casal; que ela sabia estar sendo seguida; que o marido queria apenas se deliciar com as fotografias.

Foi por isso, para saber quem era esse cliente, e para descobrir como seria a Avestruz Vermelha, como seria meter com a Avestruz Vermelha, que o detetive indaga do marido se deveria encerrar o caso. Porque queria, na verdade, encerrar o caso. E iniciar um tipo mais estritamente pessoal de investigação.

Segunda-feira, 14 de janeiro de 1974

A primeira providência tomada por Domício quando voltou da praça, depois do almoço, foi telefonar para um dos seus colaboradores, funcionário do Departamento de Trânsito que lhe passava informações e não cobrava caro. Queria, naturalmente, saber nome e endereço do proprietário da Belina vermelha. O homem disse que ia ver; e que ligava depois.

Em seguida, deixa recado pro Suena, velho camarada que desfilava no Salgueiro e era cabista da companhia telefônica. Esse Suena era quem grampeava os telefones, quando o detetive precisava desse recurso. A informação pretendida naquele caso, contudo, era mais simples: saber o endereço onde estava instalado o número para o qual ligava do orelhão.

Assim, dá ainda mais dois ou três telefonemas, relativos às outras investigações em curso; e dedica o resto da tarde ao primeiro volume do *Asfalto selvagem*. Fica tão preso, tão agarrado à personagem da Engraçadinha, que não percebe a passagem do tempo. Quando se dá conta, já são quatro e meia; e ele sai às pressas do escritório, evita os botequins, evita jogar conversa fora com figuras conhecidas, evita até o poste onde ficava colado o resultado do bicho. Pega logo a primeira condução, antes que o trânsito começasse a pesar. No ônibus, mergulha novamente na leitura; e quase perde o ponto onde devia descer.

Tinha entrevisto semelhanças entre a Engraçadinha e personagens como as de Medeia, de Lady Macbeth e da mulher de Putifar; e também em Frineia e na dama das camélias; em

Helena e em Genebra; em Lady Chatterley e em Dona Flor; na Rita da cartomante e na Luísa do primo Basílio; talvez em Judite; talvez em Eva, possivelmente em Capitu; e até nas mais célebres e menos interessantes Ana Karênina e Madame Bovary — todas representantes de um tipo abstrato, que ele definia como "Mulher Antropológica".

Todas essas personalidades, com maior ou menor ênfase, apresentando um ou outro traço daquele incipiente conceito, contrastavam radicalmente com figuras dignas e circunspectas como as de Penélope, de Iracema, da matrona de Éfeso, de todas as mulheres que tinham a excêntrica mania de dar pra um homem só.

Em todas essas formulações teóricas, entravam os exemplos colhidos em campo, em sua atividade de detetive e, é claro, na biblioteca da Borda do Mato. Porque a biblioteca de Domício, contradizendo a etimologia, não se restringia a um conjunto de livros: era uma coleção de tipos humanos, catalogados, classificados, entre personagens reais e literárias. Se a rua, as investigações ofereciam a ele alguns dados concretos (conquanto restritos, do ponto de vista estatístico), era na literatura que ele obtinha a multiplicidade, a imensurabilidade de uma variação universal, no tempo e no espaço, que os limites naturais da vida humana não permitem.

Porque, para Domício, a mulher do livro é mais infinita que a da vida.

Segundo ciclo

A figueira

Entre 1966 e 1971

Padre Kuntz, Ulrich Kuntz, substituiu o padre Kelsen, na paróquia de São Cosme e Damião, do Andaraí, dias depois da chacina na rinha de galos. Eram ambos meio austríacos, meio alemães. Apesar dessa impressionante coincidência, tinham personalidades diferentes: padre Kelsen, Wolfgang Kelsen, era rígido, disciplinador, intérprete literal das Escrituras. Já o padre Kuntz, conquanto fosse um tanto suíço, nunca começava uma missa na hora certa.

Diversamente de seu antecessor, Kuntz não atacava os macumbeiros, os espíritas, os mórmons, os messiânicos, os maçons. Pelo contrário, gostava de debater com eles teses teológicas, alegando aprender mais sobre o Evangelho e sobre Deus conversando com opositores que com outros padres. Depois da chacina, inclusive, conseguiu atrair para a igreja muita gente que já não ia à missa. Betão da Mina, por exemplo, que passou a comungar aos domingos mesmo sem deixar de frequentar a gira de catiço no São Bento de Pena. Ou a família de Tiça, que ia tanto na igreja quanto no centro espírita da Botucatu.

Muitos achavam que havia naquilo uma intenção mais política que apostólica. Ouso dissentir: quando Ulrich Kuntz aprendeu hebraico, se deparou com o enigma da palavra *elohim*, em geral traduzida por *deus*, mas que gramaticalmente constitui um plural. E se convenceu, assim, de que o próprio infinito é unitário. Logo, todos os deuses são um, todas as religiões são uma.

Obviamente, certos ritos, certos sacramentos, padre Kuntz ministrava sem o conhecimento da Cúria. Foi assim que realizou o matrimônio católico, em segredo, entre Tude e Tãozinho, ainda que para as leis civis ela permanecesse solteira. Kuntz propôs o mesmo a Téta, pondo-se à disposição para casá-la. A mãe de santo recusou a oferta; mas não deixou que o padre saísse da sua casa, ou do terreiro, sem levar uma garrafada com um banho de descarrego.

O dr. Dalmídio, cirurgião geral do Hospital do Andaraí, que recebia um preto velho e atendia de graça, se tornou amigo do padre e recomendou a ele que pusesse, atrás da porta do quarto, um copo com café sem açúcar, para obter a proteção de sua entidade. Em contrapartida, Dalmídio levou para casa, para pôr sobre a cabeceira da cama, um crucifixo que o próprio Kuntz benzeu.

Padre Kuntz também colaborou com seu Salgado — o já referido médium do dr. Fritz que fazia cirurgias espirituais — num caso grave que acometeu certa menina, protagonista de uma história trágica. Para Salgado, tratava-se de um espírito obsessor; para o padre, era um exemplo clássico de possessão demoníaca. Chego assim ao momento de fazer a principal revelação sobre ele: a de que o padre Kuntz era, fundamentalmente, um exorcista, embora não estivesse autorizado pelo Vaticano a praticar esse tipo de rito.

E foi esse tema, a existência e persistência do demônio, que fez Ulrich Kuntz se aproximar do Bigorrilho, antigo compositor e puxador da Floresta, um dos sobreviventes da chacina. Bigorrilho, em função do trauma sofrido no dia do tiroteio, ou como uma espécie de agradecimento e reconhecimento à graça divina, abandona a bebida, o samba, a macumba — para se converter à fé evangélica, quando deixou de ser o Bigorrilho e passou a ser chamado de Aleluia.

E passa a andar de casa em casa, no morro, Bíblia debaixo do braço, convocando as pessoas para ouvir a Palavra. Fazia pregações na porta de casa, no antigo cruzeiro da Arrelia, no Rodo, em qualquer lugar em que coubesse uma dúzia de pessoas. Travava longos embates teológicos com o padre Kuntz no átrio da igreja, na qual se recusava a entrar. E chegou a ser expulso da quitanda do Anésio, por conta de tumultos promovidos durante os sermões, quando ameaçava as pessoas, pondo o dedo na cara delas.

Teve uma prova da fidelidade divina quando conseguiu o emprego de motorista particular numa família da Zona Sul, com o dobro do salário que lhe pagavam na empresa de ônibus. Sobre esse evento, houve um disse me disse, circulou uma versão de que não tinha sido exatamente Deus o responsável por aquele sucesso — mas a própria Amélia, mulher do Aleluia, que já trabalhava na casa e dormia alguns dias no serviço. Bigorrilho nunca se defendeu abertamente dessas acusações; mas repetia muito a história de Sara, esposa de Abraão, enaltecendo seu sacrifício no episódio do faraó.

Então, para demonstrar definitivamente o poder que emanava do Livro, Aleluia decide desafiar Carijó. E anuncia publicamente a temerária decisão de subir o morro, até a Figueira da Velha, para desmascarar o falso bruxo. E foi seguido por meia dúzia de fiéis, que serviriam de testemunhas. Lá, intima o homem-morcego, diante de todos, a dialogar com algum bicho; a controlar a vontade dele próprio, Aleluia; ou a prever os sonhos de quaisquer dos presentes. E Carijó teria respondido que ele, Bigorrilho, iria sonhar com a própria morte, conheceria o modo exato como iria morrer.

Volta rindo, lá de cima, o Aleluia. Conta o caso a muita gente, com desprezo, com deboche. Mas, uma semana depois, revela privadamente ao padre Kuntz que vinha sonhando, vinha tendo terríveis pesadelos com o feiticeiro, especialmente com uma cena em que Carijó aparecia, chamando pelo nome dele; e que, quando ele olhava para o lado da contramão, de onde vinha a voz, era atropelado pelo 217, ônibus da linha Andaraí-Carioca.

Vocês, que já conhecem um pouco Ulrich Kuntz, saberão por que motivos o sacerdote não teria tentado desacreditar o homem-morcego. Fez o que estava a seu alcance, benzou, rezou, chegou a subir até a figueira. Mas desce desolado. Mesmo sendo padre, perde a fé.

Enquanto isso, Aleluia passa cada vez pior, atormentado pelo sonho de sua própria morte. E não dura um mês: certa segunda-feira, um ônibus da referida linha Andaraí-Carioca, subindo a Paula Brito em direção à garagem, colhe mortalmente o Bigorrilho, ou Aleluia — que atravessava a rua, atordoado, olhando para a mão oposta. O motorista, desesperado, alegou uma falha no sistema de frenagem, que a perícia comprovou depois.

No dia seguinte, naturalmente, deu Cachorro.

Entre 1935 e 1972

Amadeu Salgado teve seu primeiro encontro com a sobrenatureza ainda adolescente, em Chave de Santa Maria, interior de Campos dos Goytacazes. Andava tendo sonhos, visões muito reais, muito concretas; e um dia previu a morte do filho do homem que operava a via férrea. Esse menino, seu amigo, foi traspassado por um trem, a poucos metros de onde estava o pai.

O jovem Salgado foi levado pela mãe a uma curandeira, dona Tida, que tinha uma figueira no quintal. Era conhecida e afamada em toda a região, rezava, receitava garrafadas — e também era temida como bruxa, como diziam os que não gostavam dela. Dona Tida invocou os espíritos da sua figueira; vaticinou a sorte de Amadeu; explicou que todas as dúvidas estão no fundo dos olhos; e deu, enfim, o último conselho: *nunca esqueça uma mulher.*

E Salgado chega no Rio de Janeiro. Começa se empregando como estafeta, enquanto estuda; e logo obtém o cargo de auxiliar de contabilidade, passando depois a contador numa indústria de cigarros. Durante todo esse tempo no Rio, frequenta os centros de mesa, onde desenvolve uma mediunidade, digamos, mais de imantação que de incorporação. Ou seja, o espírito do dr. Fritz, em vez de se assenhorar do corpo do médium, apenas se aproximava do seu perispírito, agindo indiretamente, por influxo, por uma emanação de energia.

Tal é o sucesso das operações do dr. Fritz realizadas através dele que Salgado decide fundar um centro próprio, na casa que adquire na rua Botucatu. Tem trinta e seis anos, Salgado, quando inaugura o centro; e logo descobre que a mulher, a Lôla, tem um tumor na barriga. É quando comete seu primeiro equívoco: proceder, ele mesmo, à cirurgia espiritual da Lôla.

Me falta um vocabulário médico preciso para entrar em pormenores. Basta dizer que a cirurgia, em si, foi bem-sucedida; Salgado, ou dr. Fritz, arranca o tumor, que exibe num vidro com álcool. No entanto, parece que a energia emanada pelo espírito foi um tanto excessiva, e o médium ficou muito agitado, muito sobressaltado durante a intervenção. Teve de trocar de bisturi por duas vezes; a hemorragia foi mais intensa que o normal; e houve um vai e vem tumultuado de pessoas, gente manipulando toalhas e o material dos primeiros socorros. O fato é que, dez dias depois, a paciente começa a ter espasmos, estranhas contrações musculares, acompanhadas de febres altíssimas. Todos atribuem o fenômeno à permanência de espíritos do umbral. Lôla é submetida às sessões tradicionais de mesa, para a desobsessão. Nada acontece. Chega a ser levada ao hospital, mas não resiste. Segundo detratores, teria morrido de tétano. As atividades do centro, contudo, não cessaram. Um ano depois, Salgado ganha uma promoção e se casa de novo, dessa vez com a Claudete, uma das médiuns mais assíduas na Botucatu. Lembra, contudo, o que disse a velha Tida; e mantém, pela casa, retratos da finada ou dele com ela, em cenas puras, nunca deixando de nomeá-la em suas orações. Mas era feliz com Claudete; e em menos de um ano nasce uma menina, a Teté. Salgado tem enorme devoção pela filha, parece querer tomar da Claudete todas as atribuições maternas. Passa o tempo, Teté tem sete anos quando o espírito do dr. Fritz, na mesa, faz a revelação: Teté é a reencarnação da Lôla, primeira esposa do seu médium.

Há, naturalmente, espanto. Mas tudo é conduzido segundo princípios éticos, ascéticos: o espírito de Lôla voltou porque havia entre ela e Salgado uma união que superava a trivialidade da carne. Claudete, contudo, que já tinha ciúme do apego de Salgado com Teté, passa a ter do apego de Teté com Salgado.

E Teté vira mocinha, aos treze anos. Logo depois se manifestam nela os primeiros sintomas: febre alta, espasmos musculares, ranger involuntário dos dentes. Repetia as mesmas contorções da Lôla, antes da morte. Salgado, dessa vez, leva a menina a um médico da matéria. Não havia doença nenhuma, apenas distúrbios emocionais, segundo o clínico, que aconselha um psiquiatra. Claudete se revolta, *não gerei filha maluca*, e sai do consultório batendo a porta.

As sessões, na mesa, são infrutíferas. O estado de Teté piora exponencialmente. Nos curtos intervalos entre as crises convulsivas e espasmódicas, o espírito obsessor obriga a pequena a fazer coisas escabrosas, como quebrar objetos, agredir ou xingar pessoas, propor atos obscenos a homens e mulheres, urinar em público, pelas pernas. Claudete, nessas horas, invariavelmente desmaiava, incapaz de ver a filha proporcionando um espetáculo tão abominável. E Salgado admite que se trata de um espírito, não dos umbrais — mas das trevas profundas, sobre o qual, reconhece, não terá poder. É quando um amigo sugere o nome do padre Kuntz.

E vem o padre, o exorcista Kuntz, à rua Botucatu. Assiste a uma sessão, que é suficiente para o veredito: possessão demoníaca. Como exercia aquela atividade ilegalmente, exige que tudo seja feito apenas com a presença da família e de pessoas muito íntimas. A cena que se segue nada tem a ver com aquelas popularizadas pelo romance de William Blatty ou pelo filme baseado nele. Teté não levita, não fala línguas ao contrário, não move objetos por telepatia. Apenas se contorce, imitando os espasmos de Lôla. O padre Kuntz, então, começa o rito.

Faço um parêntese para chamar a atenção sobre um tópico fundamental: em todo exorcismo é necessário ao sacerdote obter, primeiro, o nome do demônio que habita o corpo do possesso, para depois conseguir expulsá-lo. Esse método remonta à própria aurora da humanidade, pois é do conhecimento quase universal que nenhum feitiço atinge o corpo do indivíduo — apenas o nome. Os tupinambás, por exemplo, só declaravam os nomes obtidos sobre a cabeça dos inimigos uma única vez, nomes esses que nunca mais eram pronunciados, por ninguém, para que não fossem alvo de feitiço. Com base no mesmo temor, iaôs e muzenzas não ficam divulgando publicamente seus orukós e dijinas, salvo a pessoas de muita confiança. Em inúmeras culturas ao redor do mundo, os nomes verdadeiros são secretos, as pessoas são chamadas por apelidos ou pelos nomes de parentesco. Conhecer o nome de uma coisa é ter poder sobre a coisa nomeada.

E o padre Kuntz, quando Teté voltava dos espasmos e contrações musculares, e começava os xingamentos, as agressões, invoca o nome do Cristo, asperge a água benta, impõe o crucifixo sobre a testa do demônio, exigindo que este lhe declare o nome. O processo se repete, várias vezes. Estão, todos, completamente exauridos. Mas padre Kuntz é incansável. Tem, no chão, ao lado dele, o corpo desmaiado da Claudete; no fundo do quarto, Salgado, em prantos, de joelhos, tentando rezar.

E vem mais uma tentativa: o exorcista chega a ferir a testa da possessa com o relevo do crucifixo, com o corpo metálico de Cristo. E o demônio grita, *meu nome é Claudete; sou eu — e não essa aqui — a mulher do Salgado!*

E Claudete acorda quando o demônio vai.

A moça

Quarta-feira, 16 de janeiro de 1974

Domício Baeta admira Donda, quando Donda passa, toda de branco, quase transparente; e deseja aquela bunda, cobiça aquela bunda, como se fosse da primeira vez. E ela passa sem olhar pra ele, muito tímida, muito acanhada, depois de se trocar com a ajuda das cambonas. Estavam no terreiro da mãe Téta, dia de gira de catiço, como ele havia prometido na semana anterior.

Dirão vocês que o lugar era sagrado. E era. E que, portanto, sendo sagrado, não caberia, em Domício, aquela espécie de efusão. Para o povo de rua, todavia, a alegria do dinheiro e o prazer da carne são as maiores bênçãos. O detetive não comete, assim, nenhum pecado.

E não observa apenas Donda, mas as mulheres em geral. Dentre as que estavam na roda, tem uma atração particular por Téta — embora não ousasse confiar a ninguém tal sentimento. Era uma tremenda coroa, enxuta e gostosa; e Domício apreciava especialmente aquele tipo: grande, mandona, perigosa e pérfida. Não entendia como Tãozinho, franzino, fala fina, ombro caído, conseguia dar conta de uma mulher daquelas.

E começa a gira. A atenção do detetive se divide entre as entidades que vão baixando nos cavalos (e que ele, como num jogo, tenta reconhecer) e a reação de Donda, ou do corpo de Donda, aos pontos cantados. É Téta quem puxa, seguida pelos ogãs. A mãe de santo vai na cabeça do cavalo da respectiva entidade invocada:

Exu Tranca-Rua é homem
promete pra não faltar
catorze carros de lenha
pra cozinhar gambá
a lenha já se apagou
gambá tá pra cozinhar

Mas Tranca-Rua, sempre presente nas giras, não desce daquela vez. Ela muda o cântico, chamando agora sobre outro médium:

Já deu meia-noite
o Caveira deu um berro
bicho danado
rebentou o portão do Inferno

Nenhum efeito, novamente. Téta, então, desiste de Caveira e faz outra tentativa:

Eu vi um bode preto
meia-noite na Calunga
tava com fome
revirando as catacumbas

Mas Tiriri também não responde. A expressão de assombro é, agora, bem perceptível no rosto de Téta. E ela se dirige a outro dos seus iniciados:

Quem nunca viu, vem ver
caldeirão sem fundo ferver

E Capa Preta, como os exus anteriores, não se manifesta. Mas esse cavalo, certamente por perceber a angústia da sua mãe de santo, põe a mão nas costas, dobra os joelhos e sacode os ombros, simulando uma incorporação. Téta, contudo, não admite fraude. E se aborrece com o homem, a quem manda sair com um safanão, para que fosse lavar o rosto e se recompor. Nesse ínterim, quando ela perde momentaneamente o controle da gira, os ogãs começam a puxar:

Arreda homem
que aí vem mulher

E é então que começa a sucessão de pomba-giras, apenas pomba-giras, baixando no terreiro, numa situação absolutamente incomum: a Rainha do Cabaré, a Rainha do Cruzeiro, Maria Mulambo, Maria Navalha, Rosa Vermelha, Cacurucaia, Maria Quitéria, a das Sete Ondas, a das Sete Saias, a das Sete Encruzilhadas. O terreiro começa a ficar povoado de mulheres.

Domício nota, todavia, que algumas daquelas entidades viraram em médiuns de fora, gente que ele nunca tinha visto por ali. E que, exceto pelo cavalo do Capa Preta, os outros cujos guias masculinos foram invocados por Téta agora estavam dando corpo a pomba-giras. Faz essa reflexão no mesmo instante em que o olhar da Rainha do Cabaré aponta para ele. O detetive endireita o corpo, esperando o chamado da entidade. Mas ela o encara apenas, devagar, com certo deboche, quando o ponto muda:

Ganhei uma chinela velha
Foi Ciganinha quem me deu
O que é meu é da cigana
O que é dela não é meu

E Donda, o corpo de Donda, enfim, reage ao ponto: treme, vibra, escapa do círculo das cambonas e salta para o centro do terreiro, onde estão as Moças. É a incorporação inaugural, iniciática. A entidade de Donda era, portanto, uma Ciganinha — confirmando as principais expectativas. Os demais espíritos vêm cumprimentar a moça nova, que desce ali pela primeira vez. Mulambo, Rosa Vermelha, Sete Saias, Maria Quitéria: cada uma delas faz sua saudação à Ciganinha. E ela remexe os ombros com as mãos na cintura; e roda, revoluteia pelo interior do círculo, dominando cada vez mais o seu aparelho; e para, então, diante da Rainha do Cabaré. Parecem fazer reverências mútuas, as duas pomba-giras. Mais: parecem manter uma breve e secreta confabulação.

E o couro come; e os pontos se sucedem. Nenhum outro exu se apresenta na gira. Domício, que não perde de vista a moça nova, não percebe haver imensa tensão em Téta — que começa, ela própria, a puxar outras cantigas, na tentativa de atrair seus próprios guias. Mas eles não respondem.

É quando a Ciganinha se volta para o público, como quem procura um rosto. E os olhares se cruzam, o dela e o do detetive. É com ele mesmo que ela quer falar. *Diz pro meu cavalo pra me entregar uma obra em sete dias, na calunga*, é o recado que ele escuta, depois de romper o cerco da plateia e reverenciar a entidade. Domício quer saber mais, em que consiste a oferenda, o lugar preciso da entrega, se tem algum preceito a cumprir; a moça nova ri daquela preocupação, *ela vai saber, eu vou com ela*; e se afasta, risonha, faceira, brejeira como a maioria das ciganas, pronta para atender outra pessoa.

O terreiro ficava nos fundos da casa de Téta, no Jamelão. Era um piso de vermelhão fosco, seguido por uma área de terra batida que terminava na Grande Macaia, como se denominava a mata fechada, a floresta propriamente dita, habitada por espíritos e seres extraordinários. Ali, na Macaia, sob as raízes de uma aroeira cambuí, é que se tinha enterrado o assentamento.

Ladeando o quadrado ocupado pelo vermelhão, havia dois estrados, espécies de arquibancada de madeira, com três degraus cada, onde se acomodava o público que assistia às giras. A casa dos santos era um cômodo da própria residência, cuja porta dava na cozinha. Era da cozinha, portanto, que se chegava ao terreiro.

Dispensado pela pomba-gira, Domício retoma, então, seu lugar no estrado. É o momento em que os tambores descansam e as pomba-giras dão consulta. Algumas pessoas conversam, em voz baixa, enquanto aguardam a vez. O detetive troca uma ideia com Betão da Mina, pintor de paredes, antigo compositor da Floresta, um dos sobreviventes da chacina na rinha de galos. E Betão, de repente, olhando por sobre os ombros do interlocutor, percebe alguma coisa e faz o signo da cruz. Domício se vira para ver o que era. E era o Zé Maria, apelido de Aristides Costa, o papa-defunto, secretário da Floresta, que também era médium do terreiro. Diziam que topar com o Zé Maria, de repente, especialmente à noite, dava um tremendo azar.

Domício ia fazer um comentário à toa, sobre o Zé Maria, quando nota algo de anormal no homem. Parecia andar aos tropeços, puxava de supetão a perna esquerda, como quem evita pisar num bueiro, dava uns pulinhos de lado, como quem escorrega e tenta retomar o passo. E a anomalia se acentua, chama a atenção de outras pessoas; e as cambonas advertem Téta.

Mas já era tarde: Zé Maria, o Aristides, estava incorporado. *Ô Zé, quando for pras Alagoas, toma cuidado com o balanço da canoa*, começam a puxar, quando identificam o exu que tinha vindo: Zé Pelintra. As cambonas se aproximam do recém-chegado, oferecem um chapéu-panamá, uma gravata vermelha, uma garrafa de cerveja. Ele aceita apenas o chapéu; e se afasta do centro do terreiro, parece evitar a Mulambo e a Navalha, que vêm cercá-lo. Domício contempla a cena, curioso, com certo estranhamento. Mas só quando observa a expressão da mãe de santo é que se dá conta de haver uma demanda entre os catiços.

Porque a tensão, em Téta, é visível; ela anda, de um lado a outro, convocando as cambonas para ficarem ao lado das entidades. E esse movimento alerta a Ciganinha, que vai ao encontro do seu Zé. A própria Téta, então, intercepta o caminho da pomba-gira, no pretexto de oferecer outra garrafa de sidra.

É quando Betão da Mina faz um sinal discreto, vago, para o detetive, que demora a compreender. *É contigo que ele quer falar*, sussurra Betão, no pé da orelha de Domício. E ele, então, confuso, assustado, caminha até o guia — mesmo notando a Ciganinha, que se desvencilha de Téta e vem na sua direção.

O tempo dessa caminhada, contudo, não foi suficiente para impedir Domício de escutar, da boca do Zé Maria, a mensagem do Zé Pelintra: *toma cuidado, moço, o que você tá vendo aqui é tudo de mentira, tudo armação*. E Zé Maria, o corpo do Zé Maria, dá um salto para trás, para o meio do terreiro: seu Zé Pelintra acabava de subir. Tinha baixado de um jeito inusitado; e ia embora da mesma forma.

É a vez da Ciganinha se chegar ao detetive. Brejeira, faceira, sorridente, insinuante. *Tava de cochicho com o Malandro, moço? Cuidado com ele. Ele não gosta de mulher. Ele não gosta desse meu aparelho...* E dá as costas, a moça nova, com um requebro de vitória.

Não estava habituado, o detetive, àquela espécie de conflito. Não entendeu exatamente a que mentira se referiu Zé

Pelintra; mas não podia acreditar que Donda participasse de um teatro, de uma simulação.

A mãe de santo apressa o fim da gira. Os ogãs puxam os pontos de subida. Cambonos cumprem as últimas obrigações. Um ou outro dos filhos de santo sai, para arriar despachos. E o terreiro vai se esvaziando, pouco a pouco. Domício espera, até Donda se aprontar, para levá-la em casa. A mulher que ele encontra, quando ela sai, vestida com a roupa que veio, parece outra. Tem uma imponência, uma altivez, que o surpreende. Donda era fresca, era cheirosa, era bonita, era gostosa; mas essa nova Donda, depois de iniciada, depois de se tornar cavalo de pomba-gira, era outra coisa; era uma coisa muito diferente.

E ele vai, com ela. Descem a escada que liga o Jamelão à parte alta da Ferreira Pontes. Nessa rota, envolve o corpo dela, pela cintura, deixando a mão descuidada se apoiar na parede lateral da bunda, daquela bunda esplêndida, que ele tanto admira.

E não se falam, não trocam uma única palavra durante esse trajeto. Até a casa dela. Ali, como de costume, como aconteceu diversas vezes, ele a encosta contra o muro dos fundos da casa. E ela levanta a saia; e ele abaixa as calças. E trepam. Mas Domício sente uma mudança, um novo estilo naquela trepada. Primeiro, porque ela dá de frente, com as costas apoiadas, levantando e remexendo os quadris, abraçando o corpo dele com as pernas. E ela não pede as mesmas coisas, não fala as mesmas sacanagens. Até o modo de gemer, e de olhar, são diferentes; e o de contrair os músculos, de morder o macho, na hora do gozo.

Teve a sensação, bastante nítida, de que comia outra mulher.

De 13 a 19 de janeiro de 1974

A mulher que Domício comeu depois da gira, encostada no muro, já não era a mesma Donda que outros namoraram, antes dele.

Desde que começou a ter excitações insólitas, a sonhar com cenas obscenas, a agir algumas vezes de certo modo impulsivo, oferecido, que comprometia sua reputação de mulher decente; e desde que sentiu, por isso, necessidade de procurar auxílio espiritual e foi aconselhada pelo padre Kuntz, durante a confissão, a visitar o dr. Dalmídio — ficou evidente, para Donda, estar sendo sujeita à influência de alguma entidade, identificada depois como a pomba-gira Ciganinha. Espíritos, vocês hão de concordar, não são reais — mas isso não quer dizer que não existam. E, num dado momento, às 7h32 da manhã de 10 de novembro de 1973, quando Mercúrio transita o núcleo do Sol, o olhar da pomba-gira esbarra com o de Donda, que mirava o céu, casualmente. O espectro de uma se confunde com o da outra. Em toda sombra, em toda obstrução de luz, por ínfima que seja, germinam coisas extraordinárias: e Donda sente pela primeira vez um desejo secreto, inconfessável.

Talvez (e nunca vou saber ao certo) aquela Donda que Domício levou no Bariloche já estivesse sob esse influxo, ainda que de uma forma inconsciente, ainda que numa intensidade menor da que viria a eclodir após a primeira manifestação concreta, quando a pomba-gira desce, enfim, em sua cabeça.

Na semana dessa experiência fundadora, a da incorporação, Donda teve um tumulto de sensações distintas, sentiu várias vezes como se estivesse perdendo o controle de si mesma, passou a ouvir vozes, a receber ordens vindas

84

de dentro, que moviam seu olhar para determinadas direções, ou a impulsionavam a fazer coisas que não exatamente planejava fazer.

Foi isso que ela contou a Domício, quando o detetive passou na casa dela, na quarta-feira, dia 16, para levá-la na gira. Ele ainda tenta dissuadi-la, sugere que ela vá na dona Zeza, a cartomante em quem ele confiava e que também recebia um preto velho, pai Cristóvão das Almas. Mas Donda não aceita, relata que já tinha ido num outro preto velho, por recomendação do padre Kuntz: Benedito Feiticeiro, que baixava no dr. Dalmídio. E que essa entidade lhe pareceu muito evasiva, não disse coisa com coisa, não explicou qual problema ela tinha, mandou acender umas velas — e nada aconteceu.

Domício faz aquela cara de quem duvida: conhecia a fama do pai Benedito, embora nunca houvesse ido nele. Sabia que as três irmãs se consultavam lá; e que a própria madrinha, agora um pouco mais católica, costumava frequentar a casa do cirurgião, quando mais nova, e ainda renovava, toda segunda-feira, o copo de café sem açúcar, atrás da porta, para invocar a proteção do velho. Era possível que Donda não houvesse compreendido bem.

Mas ela não estava interessada na opinião dele, queria falar, desabafar, narrar a sucessão dos eventos fantásticos pelos quais passou naqueles dias. E conta que também teve visões: várias vezes, no trabalho, quando se voltava aleatoriamente para as pessoas na fila do seu caixa, viu, julgou ver o próprio avô — o Neneca, que foi vice-presidente da Floresta e uma das vítimas do tiroteio.

Chega, então, a hora da gira. O que lá aconteceu vocês já sabem. Sabem que houve uma trepada espetacular na volta, quando o detetive pensou estar comendo outra mulher. Retomo, assim, desse ponto. Enganchada nas pernas do homem, com as costas apoiadas no muro, aquela que parecia ser outra mulher mas era ainda a mesma Donda puxa a cabeça de Domício, com força, pela nuca, e sussurra: *você quer me ver lambendo outra mulher, não é, seu canalha?* Era uma sacanagem nova, um enredo original no diálogo erótico dos dois. O detetive enlouquece, mete com mais força ainda, e não consegue se segurar por muito tempo — porque aquela que era Donda mas parecia outra continua cochichando variações daquele mesmo tema.

Donda, no entanto, depois de tudo, manteve apenas uma memória vaga do que havia acontecido entre eles. Uma espécie de semiconsciência dos fatos. E não confessa, é óbvio, que vinha sonhando com aquelas coisas há algum tempo, que vinha sendo inclusive assombrada por miragens súbitas, mesmo acordada, em cenas em que ela era protagonista e nas quais praticava muitas outras perversões — ainda mais lascivas, mais pecaminosas, mais exorbitantes.

Vem, então, o sábado; e Domício decide gastar um pouco mais, convidando Donda a passar a noite com ele no luxuoso Ville de Jacarepaguá: tinha conseguido, emprestado, o Fusca de Farid. No Ville, assim que entram no quarto, o detetive faz o gesto de pegar o telefone para pedir um balde com gelo e cerveja — quando Donda o puxa pela gola da camisa e lhe dá, na cara, um estrondoso tapa: *você quer me ver chupar outra mulher, mas é pra depois comer ela, não é, seu filha da puta?!* E beija o homem na boca, alucinadamente.

O detetive perde a compostura, arranca as roupas dela, entra naquela fantasia, diz as maiores sacanagens a respeito, enquanto passa a língua nela inteira. É quando ela diz: *quem você queria comer, cachorro? diz na minha cara!* Mas ele, no tesão do momento, não raciocina. E cai na armadilha quando responde: *Dêda!*

Século XVII

O espírito que se apresentava como Benedito Feiticeiro, conselheiro de Palmira, de Litinha e das três irmãs; esse mesmo que Donda julgou não ter tido serventia pra ela, pertencia a uma falange poderosa de pretos velhos de quimbanda: aos feiticeiros da esquerda. Viveu, Benedito, sua última encarnação entre as margens do lago Eyasi, o sopé do Kilimanjaro e a ilha de Unguja, mais conhecida como Zanzibar.

Nasceu no povo hadza, o mais antigo do mundo, os legítimos descendentes da primeira humanidade. Sabia, portanto, muito mais coisas que o resto de nós. Basta dizer que foram os primeiros a empregar folhas como medicina, os primeiros a caçar com propulsor, os primeiros a dançar durante a lua nova. A casualidade de não terem inventado o alfabeto, o arco e flecha ou o cachimbo não menoscaba sua grandeza.

Era jovem, ainda não tinha casado, aquele que seria Benedito, quando os akamba, vindos do norte, o sequestram, nas razias que costumavam fazer em seu país. Eram homens diferentes, muito altos, muito fortes; e usavam armas de ferro, contra as quais era difícil lutar. Levado por seus captores, vê pela primeira vez, de muito perto, a imensidão do Kilimanjaro. E aprende, sozinho, ainda mais coisas, naquela contemplação. Mas não fica muito tempo ali.

Porque o obrigam a ir, numa imensa caravana, até o grande lago salgado, de que tinha notícia mas nunca havia visto. São outras coisas que ele aprende, nessa aventura triste e involuntária. O importante é que nunca deixou de aprender. É então que passa de um senhor para outro: são outros homens, ainda mais diferentes, mas tão maus como são todos. Recebe, dessa nova gente, o nome de Kitu, que logo percebe ser o de todos em sua circunstância.

Como Kitu, chega à ilha, e entra na Cidadela de Pedra. Não demora muito a aprender a língua, porque era mais inteligente, porque era um hadza. Não direi que foi feliz, é claro. Mas foi como Kitu, naquele lugar, naquela condição, que teve a experiência, o êxtase fundamental. Na sua terra, às margens do Eyasi, chegou a conhecer mulheres. Mas as mulheres do seu povo não gritavam, não soluçavam, não gemiam quando iam no mato, quando um macho entrava nelas. Era o que as velhas do seu povo impunham. Mas ali, na ilha de Unguja, Kitu aprendeu, sobre as mulheres, a verdade.

Na casa onde passou a viver, conheceu uma mulher, também muito diferente, muito mais alta que ele, e que não era uma Kitu: era uma Chay'. E Chay', um dia, tirou a túnica, se livrou do véu, soltou a cabeleira que era preta e corrida, e chamou ele para dentro dela. E ele aprendeu: o que ela tinha era diferente; era como a das recém-nascidas, das meninas da sua terra, antes de serem cortadas. E ela, Chay', gemeu, soluçou, gritou — quando Kitu meteu forte dentro dela.

Isso se repetiu algumas vezes. Mas o homem, o dono da casa em que ele vivia, descobriu. E Kitu, primeiro, foi capado; depois enterrado na areia da praia, só com a cabeça pra fora, olhando o sol, até morrer.

Ingressou, assim, na falange dos quimbandeiros, dos feiticeiros da esquerda, como Benedito. No Rio de Janeiro, escolheu aquele doutor, o dr. Dalmídio, pra ser seu cavalo. Exigiu que, na casa dele, do seu cavalo, não houvesse luz elétrica; que não dormisse em colchão; que não usasse fogão a gás. Dalmídio não podia ter geladeira; não podia usar pasta de dente. Era cirurgião geral do Hospital do Andaraí só da porta pra fora. Dentro de casa, Dalmídio viveria como vivia um hadza — se quisesse, se aceitasse obter conhecimento. E evoluir.

Relatos diversos de quem foi no dr. Dalmídio confirmam que dentro de casa o cirurgião não tinha nada, que em qualquer barraco de favela haveria muito mais riqueza, muito mais conforto. Pai Benedito Feiticeiro era um guia de força, de poder. Controlava animais, especialmente um bichano preto, que ele chamava de Kitu; e que buscava, a seu comando, coisas que ele costumava pedir: camundongos, lagartixas, baratas — elementos básicos de certas receitas, que Kitu, o gato, trazia da rua, entre os dentes.

O esquadrão

Entre sábado, 20 de abril, e quinta-feira,
29 de agosto de 1963

Foi em 1958, depois do assassinato de um repórter da TV Tamoio, que a expressão *esquadrão da morte* foi empregada pela primeira vez na imprensa brasileira para se referir a um grupo de policiais justiceiros, suspeitos desse crime. Eram, todos eles, lotados na Delegacia Especial de Vigilância e Capturas, que reunia a elite da Polícia Civil do então Distrito Federal. Foram presos, julgados — e absolvidos, quatro anos depois, no Tribunal do Júri.

Talvez nunca mais o termo fosse impresso, talvez ninguém mais se referisse à existência de uma organização de detetives que agia clandestinamente, se não fossem dois eventos, duas estreias ocorridas em 63: a da fita *Esquadrão da Morte* (tradução imprópria de *Armored Command*), com Tina Louise e Howard Keel; e a da coluna "Boca na Botija", assinada por certa ou certo Medusa, nas páginas policiais da *Última Hora*.

Não farei mistérios tolos: quem lê intui que se trata de Ifigênia Baeta, a colunista da "Boca na Botija". O pseudônimo, obviamente, além de remeter à biblioteca do pai, era uma provocação — pois o objetivo de Medusa era deixar o público petrificado.

Tudo principia num sábado, na saída do Clube Renascença, depois de uma das noites de gafieira, que começavam a entrar na moda. Quica, mulher jovem, cria do Andaraí e uma de suas beldades, alcança a rua acompanhada por um rapaz, outro morador do morro. Vêm cochichando, ela e ele, olhando disfarçadamente para o outro lado da calçada. Quica atravessa sozinha; e entra no banco do carona de um charmoso Karmann-Ghia, modelo conversível de 57. Foi mais o carro, e menos a mulher, quem chamou a atenção da única testemunha. Mas quem viu a cena não anotou a placa, não reparou no tipo do motorista, não desconfiou de nada. E nem tinha, na verdade, por que desconfiar.

Isso se deu já depois da meia-noite. Na manhã seguinte, domingo, o cadáver de Quica foi encontrado quase nu, entre as pedras do Arpoador. O corpo apresentava sinais de luta: escoriações, hematomas, uma fratura no braço e outra no pescoço — sendo esta última, naturalmente, a causa mortis. Às quatro e tanto da manhã, pescadores viram, notaram vultos masculinos carregando algo tirado do porta-malas de um automóvel, cuja descrição correspondia à de um Packard Chambord. Desnecessário dizer que ninguém anotou a placa.

As investigações, portanto, foram inconclusivas. Era impossível vincular os dois veículos. Era impossível reconstituir os passos da vítima depois da meia-noite. O que foi apurado, no curso do inquérito, é que a Quica, depois dos bailes, costumava aceitar convites de desconhecidos, de homens bem-vestidos e de bom aspecto. E que não era só ela; que em muitas gafieiras havia aliciadores, gente que promovia esses arranjos com as moças e levava comissões.

Sem pistas, sem indícios, sem uma identificação precisa do rapaz que saiu do Renascença ao lado de Quica, o delegado da 12ª arquivou rapidamente o caso. Então, pouco tempo depois, aparece a primeira série de crônicas da coluna "Boca na Botija". Esse conjunto de textos é uma nova versão do homicídio, embora não desse nome aos bois. Lembra a princípio casos recentes de curras combinadas, premeditadas, contra moças pobres, ocorridas sempre nas proximidades da orla, entre Copacabana e Leblon; lembra que vizinhos chegaram a denunciar estudantes de direito, mas que os inquéritos foram arquivados, porque as vítimas não davam queixa. Critica a precipitação, a pressa, ou mesmo o interesse da polícia em encerrar as investigações. E entrava propriamente no caso de Quica. Citava um Karmann-Ghia conversível, modelo de 57, que podia ser visto estacionado em determinada rua da parte alta e nobre da Tijuca, em frente à casa de um estudante de direito da mesma faculdade e da mesma turma de outro rapaz, morador de Ipanema, cujo pai era dono de um Packard Chambord. A coluna menciona ricaços que facilmente forjam álibis e abafam casos; e os muitos crimes da cidade que permanecem impunes.

E não deu um mês: num dia de muita chuva, na encosta que margeia a avenida Niemeyer, moradores do Vidigal encontraram, preso na saliência das rochas, o corpo de um estudante de direito, morador de Ipanema, numa casa em cuja garagem se podia ver um Packard Chambord. Dois outros corpos foram achados na praia de São Conrado, lançados pelo mar. Também eram estudantes de direito, sendo um deles morador da Tijuca e filho do proprietário de um Karmann-Ghia conversível, modelo de 57. Os três foram abatidos à bala calibre 38.

A partir daí, a coluna "Boca na Botija" é suspensa. Mas outros jornais pegam o fio da meada e atribuem esse segundo crime a uma quadrilha de justiceiros, formada por detetives da Polícia Civil — empregando (a partir daí, de uma vez por todas) o termo *esquadrão da morte*. Outra ala da imprensa, contudo, pensa diferente, afirma que o Esquadrão da Morte trabalhava para os poderosos; que a morte dos estudantes tinha sido mera queima de arquivo, para evitar que denunciassem os verdadeiros assassinos de Quica.

Madrugada de sábado, 13 de julho de 1957

Passava da meia-noite quando um Mercury vermelho de quatro portas, pneus de banda branca e rádio de fábrica, entra na rua Torres Homem, em Vila Isabel, vindo do Rocha. Dentro, três mulheres, acompanhadas de três homens: Juba, Escóte e Turquesa, que dirigia o carro do pai.

Estavam, as três amigas, sozinhas, se divertindo, num baile do Garnier. Vou denominá-las Lana, Lena e Lina. De repente, Lana se distrai, cruza o olhar com o de um homem que a mirava; e aceita um convite pra dançar. Foi a deixa para que outros dois obtivessem permissão e se aproximassem. Arrastam uma mesa, começam a rir, conversam sobre trivialidades, dizem frases ambíguas. O casal dançante retorna. E se estabelece, assim, definitivamente, o acordo tácito.

É em função desse acordo que elas entram no Mercury, para descer na garagem da casa de Turquesa. Melhor dizendo, dos pais de Turquesa, que estavam de férias, num cruzeiro pelos mares do Norte. O sexteto se decompõe em três casais, que já vinham trocando amassos no carro: Escóte fica com Lana embaixo, na sala; Juba com Lina, no andar de cima, no antigo quarto do irmão mais velho de Turquesa, que já era casado; e Turquesa com Lena, ao lado, em seu próprio cômodo.

Havia, naturalmente, uma preocupação em não fazer barulho, não chamar a atenção dos vizinhos, porque os donos da casa não podiam ficar sabendo, a farra tinha de ser secreta. Havia a combinação, inclusive, de saírem antes de amanhecer, pra levá-las de volta ao Rocha.

Turquesa comeu sua garota. Estava empolgado, mas não quis exagerar. Preferiu meter de frente, papai e mamãe, sem sair de cima dela até que ela cansasse e virasse de lado, para logo cochilar. Juba, por sua vez, põe sua mulher de quatro, puxa pelo cabelo e aperta, com a outra mão, o pescoço dela, como quem cavalga uma potranca. Lina grita, e ele move a mão do pescoço em direção à boca, abafando o gemido, sem parar de socar, sem se preocupar se ela estava gostando ou não. Enquanto tudo isso acontece, Escóte tenta seduzir Lana, dá beijo de língua, chupa os peitões, passa a mão pelo meio das coxas, pega a mão dela para mostrar como estava duro. Ela deixa, vai deixando todas essas coisas, até mesmo quando Escóte põe pra fora das calças ela faz umas carícias — mas não cede o principal. Num dado momento, quando a ansiedade fica insuportável, ele pergunta, irritado: *você tá de chico?* Lana, então, se enfurece, se levanta, se recompõe, diz um desaforo e sai da sala, procurando onde ficava a cozinha.

Não lembro a cronologia exata: sei que, a certa altura, Juba entra no quarto de Turquesa, que também cochila. Ele cutuca o amigo com um indicador, pondo o dedo sobre os lábios, porque Lena ainda dormia; e propõe, num sussurro, o troca-troca. O outro sai; e Juba se deita no lugar dele; toca na garota, para acordá-la; ela se mexe, diz que não quer mais; ele retruca, *sou o outro*; ela se vira, se espanta a princípio, mas parece se excitar com a aventura.

Já Turquesa, todavia, não se dá bem. Lina reclama, *estou toda assada*; ele insiste, argumenta; a mulher não permite sequer ser beijada. Ele volta para o quarto dele, mas lá as coisas já estavam começando a acontecer. Dali mesmo, da porta, vê a moça descer as escadas. Ele vai na mesma direção. Embaixo, no sofá, emburrado, está Escóte. Percebendo vozes na sala, Lana, que estava na cozinha mexendo na geladeira, retorna. E se dirige a Lina: *quero ir embora*. A amiga tenta contornar a situação. Lana, contudo, parece ter bastante raiva. Ameaça fazer escândalo. Turquesa pede que não, implora pelo amor de Deus. E, constrangido, envergonhado, informa a ela o que ocorria lá em cima. Escóte propõe: *vamos levar elas duas primeiro depois a gente pega a outra*. As mulheres não aceitam, *vamos agora, nós três!*

94

É claro que o tom das vozes se eleva; há alguma discussão — e, lá em cima, acabam escutando o burburinho. Em pouco tempo, Juba e Lena estão embaixo. As coisas se assentam. Turquesa se prepara para tirar o carro da garagem; mas desiste, acha que àquela hora um motor ligado, o ranger de dobradiças dos portões chamaria a atenção dos vizinhos. E as mulheres aceitam ir com Juba e Escóte a pé, para esperar no Boulevard um ônibus até o Rocha, que deveria passar pelas cinco horas.

Creio ter esquecido de mencionar: Lana, que recusou Escóte e criou o tumulto, foi a que tinha dançado com Juba, no salão do Garnier. É que, na saída do baile, na hora de cada casal entrar no Mercury, houve uma pequena confusão, uma espécie de embaralhamento, atraso de um, precipitação de outra; e Juba acabou sentando ao lado da Lina.

E foi já no Mercury, como mencionei, que começaram os amassos.

De 27 de agosto a 3 de outubro de 1964

O verdadeiro Esquadrão da Morte, o Esquadrão da Morte propriamente dito, nasce no dia do assassinato do detetive Milton Le Cocq, quando o Flamengo derrotou o Vasco por 2 a 1.

Não menciono o jogo por acaso. Havia muita gente saindo do Maracanã, e tanto o Boulevard como a Visconde estavam engarrafados. Disseram que tinha havido um acidente grave, na altura do antigo jardim zoológico. As linhas de ônibus tomaram rotas alternativas; e grande parte dos torcedores, pegos de surpresa, preferiu voltar a pé.

Não sei se houve mesmo o acidente; o fato é que, no meio desse tumulto, ocorria uma perseguição: Le Cocq e outros quatro detetives estavam no encalço de Cara de Cavalo, bandido que vinha extorquindo ou assaltando os pontos de bicho estabelecidos naquela região. Mesmo exercendo uma atividade ilegal, os bicheiros, como qualquer cidadão, tinham pleno direito à proteção da polícia.

Foi tudo mais ou menos na mesma hora: a perseguição e o acidente. Segundo parece, Cara de Cavalo e sua mulher, a Breca, costumavam ir de táxi, de ponto em ponto, para surpreender o gerente e exigir a féria que ele viria recolhendo. No referido 27 de agosto, enquanto a Breca tomava o dinheiro, nota no semblante do gerente uma expressão de pânico; e um olhar fixo, esbugalhado, que passa acima dos ombros dela, para se dirigir a algo que estava atrás.

Era uma senha, ainda que involuntária. Pressentindo uma emboscada, a Breca corre para dentro do táxi e adverte o seu homem, que intima o motorista a disparar pelo Boulevard, e depois pela Visconde de Santa Isabel.

Os tiras vão atrás, de Fusca, quase colados no carro do casal. À frente do táxi, contudo, ocorre a enigmática e transcendente colisão. E a via fica intransitável. Cara de Cavalo se vê obrigado a continuar a fuga a pé. Talvez um mínimo instante de indecisão sobre que direção tomar, talvez a preocupação em proteger a Breca, permite que os policiais o alcancem. Nesse ponto, as versões se bifurcam.

A narrativa oficial, estampada nos jornais, diz que Cara de Cavalo, abaixado ao lado do capô do fusca, empunhando uma Colt calibre 45, como num bangue-bangue norte-americano, acerta cinco tiros em Le Cocq, que saía de peito aberto para prender o meliante. Todavia, no dia seguinte já borbulhavam boatos, oriundos talvez de dentro da polícia, de que os disparos atingiram as costas do detetive; e que foram praticamente à queima-roupa. Ou seja, Le Cocq teria sido alvejado pelos próprios colegas.

Mesmo que houvesse verdade, não saberia apontar qual fosse. Sabemos que a caça a Cara de Cavalo matou dezenas de inocentes, cujo rosto, perfil, altura, peso ou jeito de andar eram similares aos do suposto homicida. Vários detetives foram denunciados publicamente, pelos jornais, por esses desmandos, especialmente os da chamada Turma do Pato, alusão a Pato Rouco, o líder do grupo, que era lotado na Invernada de Olaria.

Então, no princípio de setembro, pouco mais de um mês depois da morte de Le Cocq, alguém denuncia o esconderijo de Cara de Cavalo, em Cabo Frio. Cercado pela Turma do Pato, o criminoso é executado com mais de sessenta tiros.

Essa vingança foi a primeira operação da Scuderie Le Cocq, o Esquadrão da Morte, cujo emblema era uma caveira sobre dois ossos cruzados — imagem que Turquesa viria a ostentar nos braços.

A história, contudo, não termina aqui. Há enredos obscuros, entrelaçados às cenas principais. Por exemplo, a morte, o assassinato de Perpétuo de Flandres, o Índio. Cara de Cavalo — era sabido — residia na favela do Esqueleto, onde hoje fica o prédio da universidade estadual. E o Índio — também se sabe — era amigo dos moradores, era uma pessoa querida, idolatrada. Frequentava a favela, livremente, com a mesma naturalidade que subia o morro da Mangueira, do Andaraí, ou dos Macacos.

Quando começa a ofensiva contra o hipotético matador de Le Cocq (ofensiva que, afirmam, mobilizou dois mil policiais em quatro estados da federação), uma das primeiras delações informa que Cara de Cavalo estava homiziado em seu próprio reduto, o Esqueleto. Com base nessa denúncia, o Índio arma um estratagema, com o fito de cercá-lo. Contudo, tiras da Invernada de Olaria, base da Turma do Pato, decidem invadir a favela, na truculência, atravessando a operação de Perpétuo.

E Cara de Cavalo, conforme declara o Índio aos jornais, numa crítica à ação precipitada da Invernada, consegue se evadir. O resto da história vocês certamente conseguirão entrever: dias depois, os detetives Jorge Elegante e Pato Rouco encontram Perpétuo num boteco, na favela do Esqueleto. Há uma breve discussão; e Elegante atira, matando o Índio, que tinha, ou teria, ou havia tido, até então, corpo fechado.

A defesa de Elegante sustentou que o policial não alvejou o colega, que atirou para o alto, apenas, para intimidá-lo; e que a bala, involuntariamente, só atingiu a vítima de raspão — no que pediam, data venia, a confirmação da perícia. Faziam, portanto, outra acusação: que o disparo fatal tinha saído da arma do Pato Rouco. Mas nada foi provado.

O que nenhum jornal contou, ou se preocupou em contar, foi o destino de Lumumba, o gerente de bicho que era sistematicamente assaltado ou extorquido por Cara de Cavalo e pela Breca. Lumumba, naquele dia, chegou tarde em casa. No dia seguinte, encontra o bicheiro, no escritório de Vila Isabel, e relata a ocorrência da véspera, a tentativa de assalto a ele, Lumumba, o súbito ataque da polícia e a fuga do criminoso — fatos já conhecidos de todos, àquela altura.

E vai depois fiscalizar os pontos da sua área. Mas não voltou pra casa. Nunca mais foi visto, no Andaraí, em Vila Isabel, em lugar nenhum. Desapareceu, apenas. Mas era só o Lumumba, um simples gerente de bicho. Os jornais nunca se interessaram.

A ossada

Domingo, 3 de fevereiro de 1974

Chegamos ao dia do enterro, quando o romance culmina. Momento em que Antenor Baeta, o Juba, detetive de polícia e compositor da Floresta, receberá a última homenagem. Estarão aqui, em breve, reunidas, as principais personagens da trama, algumas delas pela primeira vez. Se houver alguém que leia apenas para adivinhar um assassino, um criminoso, garanto que não mencionarei o nome dele (ou dela), com essa ênfase, nas próximas linhas.

E começo, é óbvio, pela descrição da cena: o Cemitério de São Francisco de Paula, no Catumbi. É um lugar que quem me lê conhece, de uma outra novela, *A hipótese humana*; e deve lembrar que ficava, na época dessa outra história, no sopé de um pequeno morro. Nesse mais de um século que medeia as duas narrativas, os defuntos foram se multiplicando, novos túmulos foram sendo abertos e o cemitério se expandiu, morro acima, até o cume.

É lá que estamos, nesse cume, numa capela que ainda espera a ossada, que virá fechada num caixão de mogno. Está atrasado, o Zé Maria, que cuidou de tudo; e também o padre Kuntz, que vai encomendar o corpo, o que restou do corpo. Enquanto isso, os pais do morto discutem, em voz baixa, não muito longe dos outros familiares: as filhas, as netas, os genros, a nora, Litinha e Domício.

99

Tobias tinha adquirido um jazigo perpétuo para a família, a pedido de Palmira, logo depois do desaparecimento do Juba. Tinha certeza, Palmira, de que o corpo do filho não tardaria a ser encontrado; e tal convicção surgiu após uma consulta feita por ela e Litinha ao pai Benedito Feiticeiro, a quem já me referi, cujo cavalo, o dr. Dalmídio, acabava de chegar no cemitério.

Mas nem Palmira nem Litinha tinham ido ao Catumbi verificar, conferir, saber exatamente como era e onde ficava o tal jazigo — porque este ainda não tinha recebido um cadáver. A surpresa, a decepção, aconteceu naquele mesmo dia: em vez de um imponente mausoléu, daqueles ornados com esculturas de anjos ou de santos, Tobias tinha comprado um simples carneiro — e lá no alto do morro, quase colado no muro dos fundos, numa ruazinha estreita onde mal caberiam os familiares, para assistir à descida da urna. Foi o que mais irritou Palmira, mais que a simplicidade do túmulo, aquela péssima localização. E não cansava de esculhambar Tobias por causa daquilo.

Perto deles, observando a cena, as três irmãs. Mesmo de luto, mesmo contidas e circunspectas, estavam elegantes, exuberantes, fascinantes, atraindo olhares cúpidos de todos os recantos, até das gentes mais contritas.

Núbia estava agitada, irritada com o comportamento da mãe, que lhe parecia ferir o decoro, a solenidade do momento; Constança se divertia, ria por dentro, achando tudo muito ridículo e muito típico daquela família; Ifigênia era um fantasma, pela tristeza, e pelo horror à indiferença do pai, sujeito incapaz de compreender os sentimentos da esposa, incapaz de se comover com pessoas que não estivessem num livro, incapaz de perceber a importância, a transcendência daquele rito, para a paz espiritual da família.

Enquanto isso, Cíntia e Áurea, filhas de Núbia, tiravam par ou ímpar e jogavam adedanha; Denise, irrequieta, louca pra ir embora, procurava o rosto de algum rapaz bonito. Litinha chorava, na escadinha da capela, pronta para dar a notícia assim que o caixão chegasse. Xavier, marido de Núbia, empertigado, sobranceiro, exultava de orgulho, ao lado da mulher; e parecia esperar alguém em especial, a quem gostaria de afrontar. Por fim, Farid, que não desviava os olhos dos olhos de Constança, preocupado de um suposto amante aparecer, de ter sido convidado para a cerimônia.

Havia ainda, nas contas de Palmira, um terceiro genro, Carula, o ex-marido de Ifigênia, ou melhor, o marido legal de Ifigênia — que tinha obtido, na justiça, em comum acordo com a mulher, a separação de corpos; e por fim o desquite. Palmira, todavia, contrária ao divórcio, a qualquer tipo de dissolução do casamento, não aceitava tal situação: *ruim com ele, pior sem ele*, repreendia a filha, sistematicamente, por aquele mau passo. E tinha feito máxima questão de que ficassem juntos, lado a lado, durante o enterro. Carula, bom moço, não se recusou.

Era um mistério a história do casal. Ifigênia não tocava no assunto. Carula nunca deu justificativas. Palmira tinha ido várias vezes à casa dele, inquirir, saber porquês, demovê-lo daquela decisão. Carula chorava, mas não dizia nada. Palmira, é claro, subentendeu que havia culpa na filha. E, com medo de conhecer a verdade, acabou desistindo.

Era engraçado, ou estranho, porque no princípio pareciam muito apaixonados. Ifigênia tinha sido a única a escolher um cônjuge que não tinha ligação com o crime: Carula era professor de matemática, julgava ter provado a conjetura de Goldbach e se mantinha esperançoso em relação ao teorema de Fermat e à quadratura do círculo. Ifigênia ficou seduzida quando viu ele chorando diante de uma demonstração geométrica do teorema de Pitágoras. Não era, logo, um homem comum.

Por isso, ninguém compreendeu o motivo de Carula ter, de repente, de uma hora pra outra, arrumado as malas e saído de casa, do apartamento em que moravam na rua Bambuí. O efeito dessa separação, na família, talvez não tenha atingido dimensões mais drásticas porque, poucos dias depois, ocorre a chacina e Antenor desaparece. Foi, astrologicamente, um período muito negativo, no que concerne ao mapa de Palmira, porque a rara conjunção entre Plutão e Urano transitava o grau exato do seu ascendente.

Zanja, a viúva, e Domício, que escolheu ser Flamengo por influência do morto, também estavam fora da capela, perto de onde estava Litinha. A mãe do detetive tinha tentado, sem sucesso, empurrar a cadeira de rodas pelos degraus da escada. Domício chamou alguém para ajudá-lo a suspender a cadeira — mas Zanja não aceitou aquela humilhação; e preferiu assistir tudo dali mesmo, tanto a missa quanto o enterro, contrariando a decisão da sogra.

Zanja gostava muito de Domício; refletia nele todo o carinho que sentia por Litinha. E foi talvez por isso que ela ousou fazer um sinal com o indicador, sugerindo que ele se abaixasse e pusesse o ouvido perto dos seus lábios. O detetive se aproxima; e ela expõe, então, a dúvida fundamental: *você acredita mesmo que isso que vai vir dentro do caixão é o Juba?*

Surpreso, Domício menciona o laudo, o exame odontológico da ossada — que, segundo Constança, era definitivo. *É... ela deve ter razão* (desconversa Zanja, com alguma ironia); *deixa pra lá; nem comenta isso com ninguém; quero só esquecer essa nojeira toda.*

Mesmo dia, mesma hora, mesmo lugar

Enquanto não chega o padre Kuntz, enquanto não chega o Zé Maria trazendo o caixão de mogno com os restos mortais de Antenor Baeta, o cemitério vai enchendo. Velhos companheiros do morto, amigos da família, a vizinhança mais chegada, meia dúzia de pessoas ilustres que tinham relações com Tobias, antigos integrantes da Floresta, o pessoal do morro, de uma forma geral, e — apartados, formando um bloco compacto — os colegas da polícia. E é desse bloco que se destaca um casal: Escóte e Sheila. Vêm na direção deles. Cumprimentam Domício, mas a atenção maior é para as duas mulheres: Litinha e Zanja. O detetive percebe nele, Escóte, um grande desconforto, um imenso mal-estar. Tem dificuldade de dizer alguma coisa verdadeira à Zanja, algo que fizesse sentido. Profere diante dela aqueles meros protocolos, frases vazias, de sentimentos genéricos e impessoais. Como se não houvesse se passado oito anos. Parece incomodado com a presença de Sheila, que mesmo naquela circunstância conseguia ser leve e bem-humorada. Mal se despede do detetive, quando sobe a escada da capela e se dirige a Palmira.

O Escóte que tinha vindo ao Catumbi se despedir do amigo morto era um homem diferente daquele que Domício conheceu. Tinha abandonado o trabalho de campo, a aventura de prender bandidos, sonho sonhado desde jovem, quando lia as matérias sobre Perpétuo de Flandres. Vivia agora enfurnado no serviço burocrático da 26ª, em Todos os Santos, onde contraiu uma gastrite, talvez pelo excesso de café.

De todas as suas velhas paixões, remanescia o Vasco, apenas, porque coisas há que não perdemos nunca. Mas era só: o boxe, a capoeira, a briga de galo, a sueca, os carrinhos de rolimã, as festas juninas, os saquinhos de Cosme e Damião, as escolas de samba — nada mais provocava nele a comoção antiga. A própria Sheila, outra obsessão da juventude, era agora um fardo; ou uma nódoa; ou uma mágoa.

E, dizendo isso, alcanço Sheila, que é quem me importa. Foi, desde a infância, a melhor amiga de Constança. Frequentava o casarão da Borda do Mato; ganhava presentes de Palmira;

Litinha fazia bolos e deixava ela lamber a colher de pau. Passava lá, às vezes, todo um fim de semana, brincando com a Cotinha — e também sendo odiada por Núbia e Ifigênia, especialmente pela última, que a considerava uma impostora. Juba, é claro, participava de algumas dessas brincadeiras. E não erro em afirmar que também se tornou amigo de Sheila.

Passa o tempo. São adolescentes que continuam próximas. E são assanhadas. Segredam muito sobre homens, sobre o prazer que deve ser estar com eles, apesar do resto. Sheila desconfiava que Cotinha conhecesse mais do assunto, que houvesse feito coisas mais ousadas; a amiga garantia que não, mas com aquela expressão marota que sempre deixava uma ponta de dúvida. Porque Constança era namoradeira — embora não permitisse que fizessem nada (jurava por qualquer coisa) além de beijo na boca e mão nos peitinhos.

Mas não eram só essas conversas que excitavam Sheila. Havia outro elemento, outro fator determinante: Juba. Porque o irmão de Cotinha, um pouquinho mais velho, também gostava de temas proibidos; muitas vezes contava experiências suas com mulheres da vida; e levava, para que elas folheassem, toda a arte pornográfica que conseguia obter: fotonovelas suecas, quadrinhos americanos e — uma novidade da época — revistinhas de sacanagem feitas no Brasil. Ficavam trancados no quarto, os três, debruçados sobre as revistas, lendo, admirando, comentando.

Sheila nunca teve, ou nunca demonstrou ter por Juba nenhuma espécie de interesse. Pelo contrário, chegava a falar com ele sobre seus namoros, dizia o que os meninos queriam, perguntava o que podia deixar. E Antenor respondia, aconselhava, *não deixa meter, só roçar na portinha*.

Certa vez, quando Sheila ficou muito vidrada num rapaz da escola, que parecia não dar bola pra ela, apesar de ela ter deixado ele fazer alguns avanços, quis repetir algumas cenas das revistinhas de sacanagem, para conquistá-lo — e fracassou. Como Cotinha continuava dissimulando sobre o que sabia e não sabia, decidiu perguntar ao Juba como se fazia direito, qual o melhor jeito de fazer — com a boca.

E Juba, que levava tudo na esportiva, na brincadeira, na sacanagem, faz uma simulação, pondo dois dedos na boca da amiga. E os dois caem na risada, Juba fala um monte de bobagens, ela também, eram amigos, tinham a cumplicidade das revistas. E ele propõe, então, naquele mesmo tom de galhofa, sem trair nenhuma espécie de cobiça, sem aparentar desejo verdadeiro, que ela faça o experimento real, nele mesmo. E Sheila aceita.

Não vou exagerar na descrição da cena. Não vou analisar impulsos ou razões. Não vou entrar na psicologia de ninguém. Informo apenas que Juba levou o exercício até o fim; e que Sheila achou o gosto forte, mas suportável. E riram juntos. E prometeram segredo, porque Cotinha não podia saber. Sheila não imaginava, contudo, que, no dia seguinte, no colégio, Juba iria contar pros garotos que tinha gozado na boca da melhor amiga da irmã.

Sheila, acho eu, nunca desconfiou de nada. Podiam rir nos corredores, pelas costas, quando ela passava; podiam fazer piada, debochar, até se masturbar pensando nela — mas não diriam nada diretamente, abertamente, porque Juba constituía uma ameaça; porque Juba era violento e andava em bando, sempre ao lado de Escóte e de Turquesa.

Turquesa e Escóte, aliás, também souberam do caso, do grande feito do Juba. Só que Escóte era calado, nunca tinha confessado, nem pra ela nem pra ninguém, sua paixão pela mulher que um dia seria dele — porque nunca se sentiu capaz de conquistá-la. E vocês agora compreendem a cena, o constrangimento que há na cena, quando os três se encontram, em 1959, num boteco da esquina da Barão de Cotegipe com a de

São Francisco; e Escóte propõe um brinde, anunciando que tinha começado a namorar com a Sheila. A cerveja, que foi, então, servida quente, ainda piorou as coisas.

Sexta-feira, 18 de janeiro de 1974

Turquesa dirigia sua picape azul da Chevrolet, toda novinha, com banco de couro e rodas de aro cromado. Embora fosse tricolor, gostava de futebol e era dono de duas cadeiras cativas: por isso levava Domício para assistir ao amistoso entre Flamengo e Zeljeznicar, time da cidade de Sarajevo, base da seleção iugoslava.

Havia, certamente, algum interesse no convite. O detetive só não sabia qual. Vão conversando sobre trivialidades: mulheres gostosas, o samba do Salgueiro, a ameaça comunista. Turquesa estaciona a picape dentro do estádio, depois de dar a carteirada de costume. E eles vão de elevador até a área das cativas. E Domício sente pela enésima vez a emoção de vislumbrar o gramado daquela altura, mesmo com as arquibancadas relativamente vazias. Entrava, agora, no mundo muito próprio, muito particular, da sua espécie.

De repente, do outro lado da grade, onde ficava a arquibancada propriamente dita, irrompe o coro *piranha!, piranha!*, quando duas moças de shortinho aparecem na rampa de acesso. Todo mundo ri; e, no instante seguinte, o volume das gargalhadas aumenta, porque um saco com dejetos humanos, jogado do alto, estoura na geral, sobre um grupo de rapazes que estavam sem camisa e com chinelos de dedo. Perto de onde eram as cadeiras de Turquesa, um velhinho careca se prepara para beber um copo de mate quando uma bola de papel molhado o atinge violentamente na cabeça. Ninguém se aguenta mais de tanto rir: espirrou mate pra tudo que é lado; e até os óculos do homem saltam do rosto.

Então, sob uma vaia escandalosa, o juiz entra em campo: *ladrão! tum tum tum! ladrão!* Em seguida, o time adversário: *comunista filha da puta!*, o delegado se esgoela, entre o estrondo das vaias. Até que, da boca do túnel, emergem as cores rubro-negras e sobrevém a catarse.

No começo do jogo, Chiquinho Pastor para Hredic com uma falta dura. *Pastor!, Pastor!, Pastor!*, a massa vibra, enaltecendo a raça do zagueiro. Logo depois, é a vez de Katalinski, o craque deles, dar a primeira botinada em Zico: *viado!, viado!, viado!* No lance seguinte, Doval arremata, Janius faz golpe de vista e a bola passa por cima do travessão. O árbitro, contudo, marca um absurdo escanteio, sendo acintosamente aplaudido. E vem o cruzamento no primeiro pau, a zaga corta e, no bate-rebate, a bola sobra no Caju, impedido. *Vai tomar no cu, bandeira!*, Domício protesta. Nenhum estudo sociológico pode superar esse quadro vivo: foi nesse ambiente, nesse Maracanã, que se deu a formação do caráter nacional.

Termina o primeiro tempo, Flamengo um a zero, gol de Zico; e o delegado se apressa a tocar no seu assunto: *saiu o laudo hoje.* O detetive acena com a cabeça, como quem diz *eu já sabia.* O outro continua: *tem uma coisa que não bate.* Domício espera o complemento da frase. Sabia que o laudo tinha saído, com a identidade confirmada, mas não conhecia o teor. Turquesa respira, olha para o nada, temendo talvez revelar coisas demais: *o crânio tem uma perfuração compatível com uma bala de revólver; Juba morreu com um tiro na cabeça.*

Domício a princípio não se surpreende; sempre defendeu a tese do sequestro, de que Antenor tinha sido levado pelo bando e depois assassinado. Aos poucos, contudo, começa a perceber a suposta inconsistência que o delegado enxerga: o problema do corpo fechado.

Toda a teoria inicial de Turquesa estava fundada nessa premissa: tanto Antenor, quanto Escóte, como ele mesmo eram imunes a bala, faca ou qualquer objeto perfurante. Os fatos, ou as lendas tecidas sobre os fatos, confirmavam isso: nas trocas de tiros em que se envolveram, saíram no máximo com ferimentos de raspão. Escóte, que levou quatro facadas numa briga com bandidos, não teve nenhuma artéria, nenhum órgão vital atingido. Daí a versão de Turquesa: a da fuga do Juba pela porta do bar, seu esconderijo na mata, sua progressiva escalada por aquelas brenhas, até ser tragado e morto pela própria floresta, pois quem entrava nela não saía vivo. O balaço na cabeça, contudo, revelado pela necropsia, refutava definitivamente essa tese.

Mas você não reparou no buraco da bala? Não viu a perícia desenterrar a ossada?, Domício pergunta. *Era meu irmão, caralho! Não consegui olhar!* E o delegado continua: *você já deve ter imaginado, com a confirmação da identidade, tenho de reabrir o inquérito, porque o crime não está prescrito.* O detetive faz que sim. *Pois então, quero conduzir esse negócio sozinho, quero resolver antes, do meu jeito, e formalizar depois; mas vou precisar de você.* Era tudo o que Domício não queria, se meter naquela encrenca. Mas não teve coragem de recusar. E o delegado continua: *vou resumir minha teoria, nenhuma quadrilha ia atirar num galpão daquela forma; era só uma reunião de escola de samba; se eles quisessem matar alguém em particular, era mais fácil armar uma tocaia e acertar no alvo, na lata, sem risco de erro; do jeito que foi, é loteria; só faz sentido se quisessem matar todo mundo.*

O detetive pergunta, *não seria o Juba esse alvo? Se fosse* (responde Turquesa) *iam pegar ele depois, do lado de fora; é mais fácil, conheço do assunto, sei do que estou falando.* Domício, então, com certo receio, lança a hipótese de Núbia, de que os atiradores eram da própria polícia. *Você nunca diga isso pra ninguém! Cuidado com a língua! Aqui só entre nós, pode até ser... mas é o seguinte: o problema maior não é quem atirou; o problema é o alvo; quem atacou o galpão não estava visando uma reunião de escola de samba; estava visando outra coisa — e é aí que entra minha teoria, acho que teve um caguete que deu o serviço errado, deu a dica falsa, talvez de propósito; e quem atirou, atirou pensando que acertava uma coisa, sem saber que acertava outra; a vingança é em cima desse dedo-duro, do filha da puta que deu a dica falsa; ele, no fim, é o culpado da morte do nosso irmão!*

Falava com emoção Turquesa. E não continha as lágrimas. Domício só não compreende onde ele mesmo poderia entrar naquela história. *Muito simples: você é amigo de um monte de gente naquele morro; eu também sou, mas sou polícia; e ninguém do morro fala com polícia; ninguém tem coragem; mesmo eu sendo amigo, eles vão se cagar e não vão falar nada; mas com você é diferente; você pode sondar, pode descobrir, qualquer pista é importante; eu tenho certeza: alguém que estava no galpão deve ter visto alguma coisa; não é possível que ninguém, mesmo deitado, não pudesse olhar de rabo de olho, e visto pelo menos um dos atiradores; não é possível que ninguém no morro tenha visto eles passarem com o corpo do Juba para desovar na Figueira da Velha.*

Turquesa faz uma pausa, olha pros lados, pra se certificar de que ninguém estava de butuca na conversa deles. *No início, eu achava que Juba tinha escapado e que tinha morrido na mata, mas agora, quando veio o laudo e eu soube da bala na cabeça, tenho certeza que os atiradores não queriam acertar o Juba; não queriam matar um policial; quando viram o corpo dele, quando reconheceram ele, ficaram desesperados; e tiraram ele de lá; e foram desovar na Figueira, com medo da retaliação, com medo da Scuderie. Todo mundo lembra do destino do Cara de Cavalo.*

Era um ponto importante: para Domício, que apostava no sequestro, a desova do corpo de Antenor tinha sido feita bem longe do Andaraí. Era meio absurdo pensar que os assassinos tivessem ido a pé (porque só poderiam ter ido a pé) da subida da Ferreira Pontes até a Figueira da Velha. O laudo, contudo, mais uma vez, contrariava a lógica.

E o delegado conclui: *você também é detetive, tem a manha, é bom no que faz; descobre alguma pista; quem matou, matou por engano; preciso é saber quem deu o serviço errado. E conto contigo.* Turquesa era um policial honesto, no sentido que tinha essa palavra nos anos 70. Não queria, portanto, justiçar inocentes, sair matando a torto e a direito. E Domício promete ajudar.

Então, recomeça o jogo; com menos de quinze minutos, Zico domina a bola em sua própria intermediária, passa por meio time iugoslavo, dribla o goleiro e toca pro gol. É o êxtase. Toda fúria, toda barbárie se dissipam diante da beleza, ainda que por um momento. Aquelas masculinidades, pelo menos, viveram isso. Nem tudo foi completamente em vão.

A biblioteca

Terça-feira, 15 de janeiro de 1974

Na esquina onde Domício estaciona o Fusca emprestado, ficava, obviamente, um botequim, desses com várias folhas de portas de rolo, de modo a permitir uma visão panorâmica de toda área ao redor. Deviam ser umas nove horas; ele encosta no balcão, pede um café, um maço de Minister e, meio apoiado no tamborete, virado para a rua, abre o segundo tomo do *Asfalto selvagem*.

Estava na Conde de Bonfim, na altura do orelhão de onde tinha de ligar para o marido da Avestruz Vermelha, quando voltava das perseguições à Belina 4901. Impaciente, porque o homem do departamento de trânsito ainda não tinha ligado com a informação sobre o endereço do dono do carro, ele arma aquela tocaia, na esperança de ver a madame passar, na esperança de poder segui-la e descobrir a casa onde mora — já que o número de telefone para o qual ligava, como lhe tinha dito o Suena, era o do posto de gasolina onde ele retirava o pagamento.

Reconheço o erro hoje, depois de quase meio século: o detetive não deveria ter penetrado num romance tão obsedante, tão vertiginoso quanto *Asfalto selvagem*.

Mas o detetive estava ali por conta própria; não dispunha de nenhuma informação sobre o lugar preciso onde o alvo se encontrava; não sabia nada sobre seus horários rotineiros de chegada ou de partida; não tinha dados básicos, fundamentais, que os clientes, nesses casos, costumavam fornecer aos investigadores. Não podia, portanto, estimar o tempo a ser gasto na vigília.

Tinha tomado, o detetive, precauções para evitar qualquer demora na perseguição à Belina: quando pedia um café, ou uma média com pão e manteiga, já deixava pago; a porta do Fusca, estacionado a poucos metros, tinha ficado aberta, e Domício a toda hora apalpava as chaves no bolso direito da calça. Não levaria, assim, nem um minuto para acionar a ignição e arrancar.

Toda essa cautela, contudo, foi prejudicada pela Engraçadinha. No início, ele conseguiu manter certa atenção simultânea, ao livro e ao tráfego. Porém, à medida que passava o tempo, as forças centrípetas se tornaram dominantes: o vocabulário do Nelson, a trama do Nelson, as personagens do Nelson sugaram o detetive para o vórtice do *Asfalto selvagem*.

Tudo, então, sai do controle. Nem eu mesmo sei dizer se a Belina passou, ou não, enquanto o detetive lia. E ele só se dá conta da hora quando os primeiros trabalhadores da redondeza começam a chegar para o almoço.

Há, no botequim, uma alegria súbita que espanta as moscas. Quando Domício desprega os olhos da página, a primeira figura que enxerga é o Cajá, borracheiro, e compositor do Império da Tijuca, que naquele ano ia descer com "As minas de prata", enredo baseado na obra de Alencar. Cajá também reconhece Domício; os dois se cumprimentam, e o borracheiro, que não via o detetive há algum tempo, puxa seu assunto preferido, o principal bochicho daqueles dias: *ouviu o samba do Império?* Domício diz que sim. *Gostou?* Ele diz sim de novo. *Pois é, compadre, a cabeça desse samba é minha, mas não me botaram na parceria. Eu precisado daquela graninha... Tu sabe o que é mole, compadre?!*

E todo aquele papo de samba contamina o botequim, sobre conflitos e intrigas nas disputas ocorridas na Vila, no Salgueiro, no Cabuçu, na Unidos, na Lins, no Arranco, na Mangueira e na própria Flor da Mina. *A história é verdade, meu chapa. Sou testemunha,* diz um terceiro, que entra na rodinha formada em defesa do Cajá. O detetive, é claro, totalmente à vontade em seu próprio elemento, conta os casos que sabe, de compositor que fez e não assinou; e de malandro que assinou e não compôs.

Estimulado pelo aroma do feijão, Domício aceita a sugestão do Cajá, que aponta uma mesinha encostada na parede. É quando tem uma repentina inspiração: *Cajá,* pergunta, como quem não quer nada, enquanto amontoa um punhado de farinha num canto do prato, *você, que é da área, conhece uma Belina vermelha, placa 4901?*

Difícil de dizer assim, compadre... É muito pneu que a gente troca. E eu não tenho cabeça pra esse negócio de número. Mas... qual é a jogada?

Um trabalho... preciso descobrir de quem é o carro, o detetive se vê obrigado a confessar. Cajá mastiga, devagar, como quem pensa. Domício tenta interpretar a expressão um tanto vaga do compositor, mas não tem coragem de oferecer um agrado, alguma espécie de recompensa pela informação. E sente, assim, enorme alívio, quando escuta: *vou sondar na mecânica, deixa comigo, eles lá devem lembrar.*

A Floresta

Sexta-feira, 13 de maio de 1966; e
sexta-feira, 18 de janeiro de 1974

Noite da chacina: passava pouco das nove e meia e, da posição
do Rio de Janeiro, nenhum planeta era visível acima do horizonte, a olho nu. Plutão, todavia, caótico e soturno, em conjunção com Urano, acabava de entrar na Oitava Casa. Por sua
vez, Algol — a cabeça de Medusa — se aproximava temeraria-
mente do ponto da Meia-Noite, no fundo abissal do céu. Nesses subterrâneos do universo, onde o frio é ingente e a escuri-
dão, pesada, rangiam os ferros das porteiras que represam as
almas devolutas. Em pouco tempo soaria a Hora Grande das
Pomba-Giras, entre as quais se encontrava, desvairada, a própria Hécate.

De nada disso se sabia, ou se intuía, no Andaraí. Nenhum
dos fenômenos celestes, a passagem dos meridianos pelas
constelações, a ascensão dos astros no oriente, nada parecia
interessar aos que estavam no largo da Arrelia, onde ficava a
rinha do Malaio, enquanto corria a reunião dos antigos mem-
bros da Floresta.

Presentes, no barracão, os que tinham algum posto ou dis-
tinção na escola: Tãozinho, fundador e presidente; <u>Neneca</u>,
vice-presidente; Alicate, tesoureiro; Zé Maria, secretário; a
Grega, artista e figurinista; dona Bené, primeira baiana; <u>Gúia</u>,
diretor de harmonia; Jorge Cego, diretor de bateria; <u>Bujão</u>, primeiro surdo; Edna Fina, primeira passista; Bigorrilho, puxador;

Ísis, porta-estandarte; Sanhaço, mestre-sala; Júnia, destaque; e toda a ala de compositores: Juba, Mamão, Peixe Frito, Fumaça, Binha, Beléu, Caruara, Betão da Mina, Graxaim e Caroço, além do próprio Bigorrilho, que também compunha.

Dou a relação como se fosse minha, mas na verdade foi tirada de um caderno de Turquesa, que tenta reconstituir o crime, compreender o que teria acontecido, passo a passo, entre a chegada dos atiradores e o momento em que Antenor sai de cena. Para pensar melhor, faz um esboço da planta do barracão; e tenta pôr as personagens na posição aproximada que deviam ocupar na hora da chacina. Reparem que, na mencionada relação, alguns nomes aparecem sublinhados: são os das vítimas fatais.

Outro detalhe importante: o nome do Juba aparece entre o das vítimas, porque agora, depois da divulgação do laudo do IML, com a identificação odontológica e a definição da causa mortis, ou seja, o balaço na cabeça, o delegado passa a acreditar que Antenor havia morrido no galpão, tendo o corpo removido e desovado na Figueira, numa tentativa meio idiota de confundir a polícia.

Revê os arquivos do caso, o depoimento dos sobreviventes: Beléu tinha se atirado dentro da rinha; Betão da Mina correu para o palanque do Malaio; Zé Maria teve apenas sorte, ficou parado onde estava, perto da mesa de apostas, e só depois se jogou no chão; Ísis não se lembrava direito, tudo tinha sido muito rápido; e dona Bené tinha certeza de que estava no banheiro e lá ficou. Com base nisso ia reconstituindo a cena inteira.

Nota, o delegado, que o percentual de compositores mortos era proporcionalmente maior que o dos demais componentes. De um total de nove, seis foram atingidos, além do próprio Juba, cujo mistério é um dos propósitos do romance. Só se consegue explicar esse dado (sem contar com o acaso) se estivessem todos reunidos, ocupando a mesma área do galpão, entre a rinha e o palanque, pontos de refúgio de Beléu e Betão. Assim, pela lógica, Turquesa quase vê a retrospectiva: os tiros de metralhadora partem da direita para a esquerda. Morrem mais os que estavam à direita, porque os do meio e os da esquerda têm mais tempo para se atirar ao chão e se proteger.

E isso leva a uma outra conclusão: Antenor, que estava do lado oposto ao do palanque, perto do bar (porque poderia ter escapado pela porta estilhaçada), não participava da reunião da sua ala, a dos compositores. Haveria uma razão? O delegado não arrisca.

Turquesa também reviu declarações de testemunhas: Edna Grande, que morava perto e foi a única a sair quando os tiros pipocaram; e Bigu, que era quase enfermeira e prestou os primeiros socorros. Disse Bigu que ouviu os gritos de Edna Grande e desceu logo para o largo; tinha marcada na memória a cena de Júnia, do cadáver de Júnia, caída no chão e abraçada por Tãozinho, com as calças molhadas e a cabeça enfiada no sovaco dela. Mas Bigu não prestou muita atenção nas pessoas mortas, procurou ajudar as que ainda estavam vivas. A primeira delas, Edna Fina, atingida na perna e sangrando bastante. Bigu improvisou um torniquete: a Fina continuou viva mas deixou de existir — porque nunca mais pôde sambar. Depois, a enfermeira tentou salvar o Sanhaço, mas não conseguiu (e isso ainda doía nela): o mestre-sala, para desespero de Ísis, morreu de hemorragia, porque o socorro demorou demais.

Foi Edna Grande quem mandou um dos meninos avisar, no Hospital do Andaraí, que tinha acontecido um tiroteio e que havia gente ferida. Foi heroica, a Grande: não se escondeu em casa quando ouviu os primeiros tiros; saiu de peito aberto e desceu correndo, quando percebeu do que se tratava; e foi gritando pelas casas, chamando todo mundo, pressentindo a matança. Mas só pisou no galpão depois da enfermeira, quando teve certeza de que Tãozinho, seu bisavô, estava vivo.

Dizem que viu os carros, que talvez soubesse quem eram os atiradores. Na polícia, negou tudo, declarou apenas que avistou de relance dois veículos, que arrancavam em alta velocidade. Não pôde, assim, identificar a marca dos automóveis, e muito menos as placas. Nem chegou a ver o rosto de ninguém. Nunca mudou sua versão.

O delegado lembrou da acusação de Tiça, a filha do Binha, *meu pai morreu por culpa do Juba*. Aquilo não constava do inquérito, Tiça não tinha sido arrolada como testemunha. Mas era uma história conhecida e comentada: Binha e Beléu formavam a mais perfeita parceria da história da Floresta, figurando juntos em seis dos doze sambas da escola. Muita gente dizia que o Andaraí não precisava de ala de compositores, que bastavam aqueles dois, Beléu e Binha. E diziam ainda (o próprio Domício chegou a ouvir essa conversa) que foi por intriga do Juba que a parceria se desfez, pouco depois do carnaval de 59; e que por conta disso cada um deles decidiu defender seu próprio samba, com outros parceiros, para o desfile de 60 — quando a escola nem chegou a se apresentar, sendo extinta pouco tempo depois.

Ora, nesse ano de 1960, o enredo seria "Capitu, mulher de verdade"; e o samba vencedor, em escolha unânime, foi o da nova parceria Juba e Beléu. Um golpe tremendo para o espírito sensível do Binha.

No dia da chacina, Binha e Beléu não se cumprimentaram, como já vinha acontecendo desde a ruptura. Procuraram manter, inclusive, certa distância um do outro. E, talvez por isso, pelo acaso das respectivas posições, tomadas no interior do barracão e induzidas por aquele conflito, que Beléu, quando vieram os tiros, tenha conseguido se proteger, mergulhando dentro da rinha dos galos — enquanto Binha, propositadamente distante do ex-parceiro, e sem ter para onde correr, era atingido em pleno rosto.

Binha e Beléu não foram só parceiros: foram compadres. E, para Tiça, afilhada do Beléu, a morte do pai não foi só uma desgraça: foram três, que passo a enumerar em ordem crescente de gravidade. Primeiro: porque Tiça cresceu afastada do padrinho, pois as famílias deixaram de se falar desde que a morte do Binha passou a ser considerada culpa do Beléu. Segundo: porque a mãe de Tiça arrumou logo outro homem, que espiava o banho da enteada. Terceiro: porque o velório do pai de Tiça foi de caixão fechado, em razão de estar o rosto do defunto deformado pelo tiro.

Esse signo terrível, o do caixão fechado, sempre foi tido, na Zona Norte, como de péssimo agouro para o destino dos parentes. E Tiça, que tinha treze anos e esteve no velório, foi por muito tempo obrigada a ver a cara destroçada do pai, em sonho, quase toda noite. Depois de adulta, depois de ter virado mulher, de ter gostado de ser mulher, a coisa melhorou. Mas mesmo assim, de vez em quando, aquela imagem aberrante retornava — cobrando a dívida de não ter sido contemplada pela última vez.

Turquesa revira aquilo tudo: plantas, recordações, histórias, depoimentos, anotações, laudos, relatórios. Não consegue encontrar um caminho, um fio condutor. E não consegue porque não sabe nada sobre o que se passava no céu, naquele dia, envolvendo outros elementos: Plutão, Urano, a Oitava Casa, a cabeça de Medusa, a pomba-gira Hécate.

O bicho

Entre 1892 e 1974

A história do Esquadrão da Morte se liga intimamente à do jogo do bicho: o barão de Drummond, dono do zoológico de Vila Isabel, precisando equilibrar as finanças do empreendimento, obtém a autorização para promover uma loteria, um sorteio entre os canhotos dos bilhetes destacados na entrada. Uma ideia simples.

Na rua do Ouvidor, em frente à livraria do Ferrari, funcionava uma banca clandestina, de um mexicano que sorteava números, cada um deles associado à imagem de uma flor. Esse jogo — o jogo de flores —, de origem portenha ou caribenha, é que teria inspirado o jogo do bicho, quando o barão, passando por lá, observou o movimento do povo em torno da banca.

A mudança de flor para bicho pode parecer fortuita, oportunista, porque afinal se tratava de um zoológico. Mas não é bem assim: o barão, leitor de Darwin, percebeu que a mente humana é mais apta a se identificar com os animais do que com as plantas. E pela razão mais elementar: bichos são, no fundo, meio humanos.

O jogo do bicho, assim, apesar de ter adotado a mecânica do jogo de flores, nasce com um perfil completamente original, no que tange à sua simbologia; à sua verdade interna.

E o jogo logo se tornou um sucesso. E se consolidou como uma instituição da cidade, em 1944, com a criação da loteria unificada, a Paratodos, cuja extração passou a valer para todas as bancas de jogo, inclusive no resto do país. E certos banqueiros começaram a se tornar muito poderosos, como no caso exemplar do célebre Natal da Portela, o "homem de um braço só", que dominou toda a região de Madureira, Vaz Lobo e Osvaldo Cruz.

E é na esteira de Natal que surge outra dessas figuras insignes: Elias Jorge Elias, popularmente conhecido como Ali Babá. Nascido em Campos dos Goytacazes, numa família de imigrantes greco-ortodoxos originária do Líbano, veio ainda adolescente para o Rio de Janeiro, para trabalhar como mascate. Há talentos que prescindem de oportunidades: o jovem Elias começou a fazer dinheiro rápido, não sei se de forma totalmente honesta. Antes dos trinta anos, em meados da década de 50, já era dono de bancas de bicho, próximas do morro do Salgueiro, praça Saenz Peña e Alto da Boa Vista.

Ali Babá, contudo, não seguiu o caminho de Natal, não se envolveu com nenhuma escola de samba. Sei que já contava com a amizade de militares, políticos, autoridades diversas quando começou a se expandir e se consolidar como o principal bicheiro da Zona Norte. Parece que, antes de bancar o bicho, já atuava no turfe e mantinha cassinos clandestinos, onde fez suas principais relações.

Não direi que empregasse métodos violentos: Ali Babá, primeiro, abria pontos na vizinhança dos concorrentes; e propunha a eles uma retirada amigável, mediante indenização. Só depois, em caso de recusa, mandava homens seus assaltarem os recalcitrantes, sistematicamente, tomando apenas a féria do ponto e cooptando gerentes ou apontadores, para que mudassem de lado. Tais assaltos contavam com a vista grossa da polícia, já que o poder emana sempre de cima. Com o correr dos anos, com a fama crescente de Ali Babá, os pequenos bicheiros já não ofereciam resistência. Exceto um deles: Malaio, que também tinha amigos importantes, cumplicidades antigas, que os velhos códigos de honra ainda sustinham.

Malaio era fascinado pela briga de galo, via naquilo uma arte requintada, era ele mesmo quem treinava seus animais, quem alimentava, quem tratava as feridas do combate e até mesmo quem sacrificava, com lágrimas pungentes, quando já não havia remédio.

Ganhava um bom dinheiro, é claro, com essa atividade. Também era dono de pontos de bicho, mulheres no Mangue e um negócio de artigos usados e compra de ouro, que servia de fachada à sua banca de agiota. Incrível a rapidez com que foi empobrecendo: o entusiasmo pelas brigas de galo, na cidade, ia rareando; bicheiros mais poderosos vinham tomando seus pontos; e gente da polícia militar começava a se assenhorar das mulheres, na zona do Mangue. Em 1966, Malaio tinha bala suficiente para patrocinar uma escola de samba; em 1974, vivia quase exclusivamente da usura, operando com alto risco e muita perda.

Ora, os pontos que Cara de Cavalo assaltava, com a ajuda da Breca, em 1964, ficavam numa ampla área que se estendia pelo Engenho Novo, Vila Isabel, Grajaú e Andaraí. Era esse, precisamente, o território do Malaio. Ora, o bicheiro que foi aos poucos se apossando desses bairros não é ninguém menos que o Ali Babá. Logo, se Cara de Cavalo atuava a mando de alguém, esse alguém era Elias Jorge Elias.

E se, como se disse, a polícia fazia vista grossa, não faria sentido a ação do detetive Le Cocq contra Cara de Cavalo. Ou faz todo o sentido: desde que os tiras que acompanharam Le Cocq naquela operação estivessem protegendo Ali Babá — o que ratifica a versão extraoficial, segundo a qual as balas que mataram o detetive foram disparadas de dentro do seu próprio Fusca; foram disparadas, não por Cara de Cavalo, mas pelos outros polícias.

Será legítimo indagar: e a perseguição a Cara de Cavalo, que vitimou tantos inocentes, que provocou a morte de outro detetive, Perpétuo de Flandres? Continua a fazer sentido: havia tiras que queriam vingar Le Cocq (por solidariedade à própria classe, por amizade a Malaio, por amor à justiça, por dever de ofício); e outros que desejavam proteger Cara de Cavalo (por estarem envolvidos com Ali Babá) — ainda que, publicamente, socialmente, houvessem participado do movimento que culminou na fundação da Scuderie Le Cocq, o Esquadrão da Morte.

Isso talvez explique o destino de Lumumba, o gerente de Malaio que desapareceu no dia seguinte à morte de Le Cocq. Era Lumumba um marisco entre a maré e o rochedo. Andaram dizendo que facilitava a ação de Cara de Cavalo, que recolhia a féria dos pontos e passava com o dinheiro num lugar e numa hora determinados para ser assaltado pelo bandido.

Mas era só o Lumumba, um simples gerente de bicho. Ninguém prestou atenção.

Domingo, 20 de janeiro de 1974

Domício tinha acabado de encher sua caneca verde e rosa, quando percebe Sóta e Macula, que pareciam espreitá-lo pelas costas, tanto que desviam o rosto quando o detetive acena na direção dos dois. Estavam na quadra da Flor da Mina, no festival de chope promovido pelo bloco, pra arrecadar fundos para o carnaval. O detetive não dá muita importância àquilo; e volta pra mesa onde esperava Donda e conversava com Peinha, Bigu e Edna Grande.

Do outro lado, o assunto continua sendo Domício: *então, compadre* (é a voz do Sóta), *ele jogou na Avestruz, de manhã, não acertou na milhar mas pegou o salteado; na Federal, ele cravou o grupo da Vaca; e deu. Pois é* (a voz agora é de Macula), *perguntei pra ele, na camaradagem, de onde vinha tanto palpite certo; ele veio com uma história que é do livro que ele lê; naquela outra quarta que ele pegou o Tigre duas vezes, disse que estava lendo um livro que falava de onça, e que lembrou do samba da Floresta, o do canibal.* Sóta conhecia: *e esse samba não foi o que Juba fez sozinho?*

Naquele domingo, praticamente o morro inteiro já sabia que a ossada da Figueira da Velha era do Juba. Peinha tinha escutado a conversa entre Turquesa e Escóte, no sábado, na quitanda do Anésio, e espalhado a notícia. A coerência entre o palpite do detetive, o resultado do bicho e a descoberta dos restos mortais revelavam o poder daquele método escolhido pelo detetive. Mas nem Macula nem Sóta aceitavam bem essa solução, talvez porque não tivessem acesso pleno a livros. A razão fundamental, contudo, era outra: as pessoas que vinham sonhando com os mortos da chacina. Antes do dia em que Domício acertou duas vezes no Tigre, esses sonhos tinham sido com Júnia, como já mencionei. Depois dessa extração, pessoas começaram a sonhar com o Neneca, o avô de Donda.

E tem uma coisa, compadre, diz Macula, *Dêda comentou comigo que Donda andou tendo visagens com o avô, que ele aparecia pra ela na fila do mercado... Será que Donda não contou pro Xítu? Será que essa Vaca que deu na Federal não tem a ver com o Neneca?*

Era, aquela, a principal questão teórica. Daquilo dependia o futuro de ambos. *Eu preciso dar o grande golpe, compadre!,* conclui Macula. Nesse momento, Domício (o Xítu) se aproxima: *como é que é, rapaziada?* Não se sentem à vontade, a princípio, os outros dois; mas logo percebem que o detetive não tinha pescado nada. E o papo flui, mais naturalmente, entre os três. Falam do bicho, tema constante; Sóta indaga sobre o livro que ele estava lendo, sobre se um novo palpite ia sair desse livro; o detetive responde que estava quase terminando o mesmo romance, *Asfalto selvagem. Então vai continuar jogando na Vaca?*

O detetive ri: *não, o palpite muda de acordo com a cena...* Os outros dois se entreolham, como quem diz que ele *está escondendo o jogo.*

E nisso chega a Donda. Domício não gosta da maneira como ela cumprimenta Sóta; muito menos do jeito que o apontador retribui. Mas é quando Betão da Mina sobe no palco, pega o microfone e começa a puxar antigos sambas de terreiro da Floresta. Depois de dois ou três sucessos, é a vez do clássico "Os timbiras", enredo de 58, parceria de Binha e Beléu, os maiores poetas do Andaraí.

Há uma grande comoção entre os componentes da escola extinta quando Ísis, nascida Pedro Paulo, antiga porta-estandarte e grande amor do Sanhaço, o mestre-sala morto na chacina, salta para o meio da quadra e começa a evoluir e a cantar, com força, com paixão, como se ainda empunhasse a bandeira verde e branca. Como se ainda estivesse sendo protegida e cortejada pelo seu amado. E mesmo os mais novos, que conheciam um pouco das velhas tragédias, não deixam de se emocionar diante do espetáculo patético (e uso essa palavra em sua acepção etimológica, como a usava Aristóteles) que a volúpia de Ísis lhes proporciona.

Entre estes, deslumbrada, está Tiça, filha do Binha, ex-parceiro do Beléu. Domício nota, nos olhos dela, lágrimas grossas, efusivas, escaldantes. *Coitada*, comenta o Sóta, quando tudo acaba, *três pessoas já sonharam com o pai dela essa semana; ele sempre jogava no Macaco, mas não deu nenhuma vez.*

Terceiro ciclo

A moça

Terça-feira, 22 de janeiro de 1974

Não direi que Donda estava linda, naquele dia. A beleza, nela, era mais do ser que do estar. Mas parecia haver alguma coisa nova, diferente, talvez no jeito, no riso, que justifica o desconforto de Domício quando encontra com ela na quitanda do Anésio. Iam os dois ao cemitério, no Caju, fazer a obrigação ordenada pela Ciganinha.

Vou só passar no Rodo, fazer meu jogo, e vamos, diz ele, tomando dela a bolsa com as coisas do carrego, numa gentileza um tanto inesperada, que logo tenta disfarçar: na teoria de Domício, amor e ciúme eram sintomas do fracasso: quando o macho percebe ser sexualmente inferior à fêmea. E ele arrasta a moça dali, quando nota olhares terceiros sobre ela. Porque ela, Donda, retribuía os olhares com sorrisos, com uma simpatia sutilmente lasciva. E Donda, antes da Ciganinha, era mais contida.

Jogo feito, pegam o 607 até a Leopoldina, onde podiam fazer a baldeação para o Caju. Nesse trajeto, envolve os ombros da moça com o braço esquerdo, num movimento de posse, que é outra demonstração de fraqueza; e nota nela certo ar irônico, como quem compreende; como quem sabe que venceu.

No cemitério, salvam discretamente a porteira, para não chamar a atenção, porque macumbas não eram permitidas; e entram. Ao passarem em frente à secretaria, Donda toca no braço de Domício e aponta uma figura sinistra e conhecida, debruçada sobre o balcão, conversando com os funcionários da Santa Casa: Aristides Costa, ou seja, Zé Maria.

Encontrar um papa-defunto num cemitério não representa uma improbabilidade. O problema era ser aquele papa-defunto, o Zé Maria, cuja tradição de dar azar e atrair a morte era notória. O detetive, então, aperta o passo, para evitar um encontro desagradável logo de manhã, seguindo reto pela avenida principal.

É Donda quem toma a frente nessa caminhada. Parece procurar alguma coisa na ampla paisagem de tumbas, carneiros, mausoléus. E diz, ansiosa: *preciso achar uma árvore*. O detetive retruca: *árvore aqui é o que não falta. Eu vou saber qual é*, responde ela, com certa rispidez; e dobra à esquerda, tomando a direção do que parecia ser uma jaqueira, que despontava longe, já perto do muro, numa área de covas rasas.

Param sob a sombra da jaqueira. Donda está compenetrada, invocando a entidade, arriando seu despacho. O momento é sobrenatural: subitamente, um gavião, saltando da jaqueira, acerta o bote numa ratazana, que saía de um buraco mais à frente. E Donda, no mesmo instante, tem o primeiro abalo, o primeiro tremor. O corpo todo se eriça; e ela roda sobre si mesma. Era o que o detetive mais temia: a manifestação da pomba-gira. E ele se desespera, tenta se dividir entre atender a um eventual desejo da entidade e vigiar se alguém estivesse vendo a cena e resolvesse denunciá-los. Imagina perceber um vulto distante, atrás das árvores, mas logo o perde de vista.

Sua atenção, então, se volta para a pomba-gira. Dessa vez, contudo, não é a Moça brejeira, faceira, que aparece diante dele; mas uma mulher imponente, imperativa, soberana. O rosto até trai certa malícia, certo sarcasmo; mas a expressão, no todo, é de uma assustadora autoridade. Não tinha nada a ver com a Ciganinha que desceu no Jamelão. *Cuidado com o Malandro, moço*, ela adverte, *ele não gosta de mim, não gosta desse meu cavalo... não vai entrar em demanda!* E risca um ponto no ar, com uma pemba imaterial, sobre o túmulo onde estava o despacho. O detetive reconhece, naqueles gestos vazios, o traçado de várias cruzes. Conquanto não fosse um especialista, não lhe pareceu ser um signo de cigana. Com uma tremenda gargalhada, a pomba-gira sobe. E Domício ampara Donda, que retoma o próprio corpo. Embora tenha sido um transe curto, parece esgotada, a moça, que pede para descansar um pouco sob a sombra da jaqueira. Então, de repente, o detetive divisa, pela segunda vez, atrás das árvores, a silhueta espectral que os espreitava; e que não era ninguém menos do que o agourento do Zé Maria. Acha aquilo muito estranho — porque o agente funerário recua, dissimulando, como se não estivesse observando de propósito. E Domício lembra que, no terreiro da mãe Téta, foi nesse mesmo papa-defunto que baixou o Zé Pelintra, denunciando a gira, declarando que era tudo armação.

O detetive já estava, mesmo sem saber, mesmo sem querer, no epicentro da demanda.

Mesmo dia, à tarde

Quando Domício deixou Donda na porta das Casas da Banha, prometendo levá-la no terreiro no dia seguinte, não mencionou o desconforto, o constrangimento provocado pelos eventos do Caju. As advertências da Ciganinha, de que Zé Pelintra não gostava de Donda, vinham martelando na sua cabeça. Ao mesmo tempo, a estranha acusação do malandro, no dia da gira, punha ainda mais lenha na fogueira. Precisava tirar aquela dúvida, saber se seu Zé tinha realmente alguma quizila com Donda. Porque, se fosse isso, Domício estava encalacrado: afinal, Zé Pelintra era seu principal protetor, o grande catiço que abria seus caminhos e lhe dava aquela sua inesgotável sorte.

E o detetive vai a pé, direto do largo do Verdun até a rua Indaiaçu, onde morava dona Zeza, a cartomante com quem preferia se tratar. Desde muito cedo tinha se manifestado nela aquele dom, o de ler letras ocultas em coisas não escritas, na forma vaga dos contornos, em imagens, em desenhos, em sinais. Mais tarde descobriu-se que quem atuava através dela era um espírito muito erudito, o de uma escrava grega da ilha de Chipre, capturada pelas hostes do rei Ricardo e logo vendida aos sarracenos. Acumulou, entre estes últimos, naquele impreciso oriente, entre Damasco e Alexandria, grande conhecimento. E foi assim que entrou, depois de morta, numa falange de pomba-giras ciganas, como Cigana da Calunga Grande — dada sua fascinação nativa pelo Mediterrâneo.

Dona Zeza também desenvolveu uma mediunidade de incorporação, passando a receber uma entidade muito poderosa, um preto velho traçado na quimbanda: pai Cristóvão das Almas, que tinha domínio sobre as salamandras (seres do gênero ígneo, habitantes das profundezas magmáticas da Terra). Esse guia também gostava de Domício; e era especialmente por conta desse preto velho que se sentia mais seguro consultando a cartomante.

Na rua Indaiaçu, de pé, entre dois vasos vigilantes de espada-de-são-jorge, Domício é recebido pela filha de dona Zeza: *mamãe já está no quartinho*, diz a moça; e dá passagem. É uma casa modesta, de sala, dois quartos, banheiro e cozinha, tendo atrás uma área livre, de terra batida, com um coqueiro, uma bananeira, além de pés de guiné, arruda, boldo, saião, louro, alecrim e comigo-ninguém-pode. Bem no fundo do terreno, ficava o quartinho onde tudo acontecia.

O detetive corta o baralho. Dona Zeza vai puxando as cartas, uma a uma, até formar uma cruz. Domício nota a figura do meio: o arcano do Diabo. Mas ela não diz nada dessa primeira vaza. Recolhe as cartas, embaralha tudo de novo, manda cortar e forma uma segunda cruz — que tem no centro o Diabo. E isso se repete ainda uma terceira vez. É quando a cartomante, ou a Cigana, fala: *essa moça que está com você, qual é mesmo o guia dela?* Domício responde. E conta mais, fala de mãe Téta, do recado do Zé Pelintra, da cena do cemitério. Nesse ponto, dona Zeza o interrompe, balançando a cabeça: *a Ciganinha pediu pra receber a obrigação no cemitério?* O detetive faz que sim. E dona Zeza diz que não, que não podia ser; e continua lendo, com jeito de quem não está gostando: *alguém morreu na sua família?* Diante da negativa, a cartomante franze o rosto. *Tem certeza? Porque você tem um encontro marcado no cemitério, tem alguém esperando você lá...*

Era verdade que ele ia a um cemitério: a ossada do Juba já tinha sido liberada pelo IML e seus restos mortais seriam sepultados dali a dois domingos, no Catumbi. Tal fato, contudo, não diminui nele a expectativa, a insegurança, o pavor desse futuro encontro, sobre o qual nada sabia. *Venha no sábado, na véspera, vou descer o velho pra você.* E ela encerra a sessão.

Sábado, 2 de fevereiro de 1974

E Domício está de novo na rua Indaiaçu, diante da porta de dona Zeza. *Pode passar, mamãe já está no quartinho.* As experiências mais fantásticas, mais impossíveis da vida de Domício se deram naquele quartinho, ouvindo a leitura da Cigana da Calunga Grande, ou diante da entidade que em breve iria baixar em seu cavalo: pai Cristóvão das Almas.

Viveu, quando encarnado, na cidade de Pamatan, na ilha de Lombok, na atual Indonésia; e, sendo sábio, ou feiticeiro, profetizou a erupção do grande vulcão do monte Rinjani, que teve consequências devastadoras. Foi dos poucos sobreviventes dessa catástrofe, precisamente por tê-la previsto. Diz a lenda que se evadiu a nado, ou nas costas de um lagarto, até atingir o reino de Bali.

Toda travessia, especialmente as marítimas, adultera as narrativas; e logo correu que, em vez de haver previsto a tragédia, o bruxo de Pamatan a havia provocado, incitado o furor ígneo dos numes da montanha. Foi surrado, torturado, teve as pernas fraturadas — de modo que, depois da calcificação, ficaram tortas, invertidas; e ele não pôde mais andar.

Sobreviveu, assim, como mendigo, ao redor de templos e mosteiros, sempre sentado sobre as pernas abertas em forma de M. E morreu bem velho, em 1284, pisoteado pela população desesperada, que corria, em fuga pânica, durante a invasão de Bali pelos guerreiros de Java — quando seu espírito passou a integrar uma falange de pretos velhos quimbandeiros.

Quando Domício faz a salva na porta e entra, enfim, no quartinho, a cartomante já está vestida: calças de homem dobradas até os joelhos, camisa branca, chapéu. Os pés, como é de lei, estão descalços. Em volta dela, um círculo de fundanga. E ela assume, no centro desse círculo, a posição incômoda e dolorida das pernas em M, correspondentes às da encarnação do seu guia.

Não há filhas de santo, não há tambores, não há público. Não se tratava de uma gira, nem de um terreiro. Era esse o mais antigo dos métodos, muito corrente entre as famílias tradicionais, entre as linhagens nobres da Zona Norte.

Então, dona Zeza começa a entoar, a invocar o guia: *eu, Cristóvão das Almas, quimbandeiro da Bahia*. Não tenho infelizmente talento para descrever o tom, o timbre daquela voz de sete séculos, tão densa, tão profunda, tão noturna; e que vai gradativamente passando da de dona Zeza à do preto velho, que assume, durante o canto, o corpo do cavalo:

Minha navalha na cintura,
meu facão dependurado,
quem falar de nego velho,
merece morrer queimado.

Notem a relação íntima que o espírito tem com o fogo, também perceptível no ponto seguinte:

Comigo, eu não quero
teima;
é labareda de fogo
que queima.

Como já se disse, pai Cristóvão das Almas, além (é claro) de sua relação com as almas, com a Calunga, exercia mando sobre as salamandras, espíritos de natureza animal que habitam o fundo dos vulcões. *Então, a menina tá recebendo uma Ciganinha, né, meu filho?* Antes que Domício respondesse "sim", o preto velho dá uma gargalhadinha mansa, sutil, quase inaudível.

E o detetive fala, discorre, rememora todos os fatos relevantes, estranhos, assombrosos, relativos à Donda e à Ciganinha, desde a primeira incorporação: Zé Pelintra avisando que tudo na gira era armação; Ciganinha advertindo que Zé Pelintra é que era perigoso; o jeito dela, Donda, que às vezes mudava, parecia ser o de outra pessoa; e o caso impressionante do cemitério, da cova do Binha. Pai Cristóvão faz apenas *xiii...* *Pega aquela pemba ali, meu filho*; e o detetive pega a pemba. *Pega o acendedor ali, meu filho*; e ele apanha a caixa de fósforos. *Pega aquela fita preta ali, meu filho*; e todas as determinações vão sendo cumpridas, até que o velho, depois de traçar um ponto no chão, manda que ele entre no círculo, fique de joelhos na sua frente e estenda os braços: pai Cristóvão ata os punhos dele com a fita preta, assinala com a pemba a palma das duas mãos e, por trás das costas de Domício, risca um fósforo e lança na fundanga — que envolve os dois corpos numa roda de fogo.

O detetive já tinha passado por ritos semelhantes, mas não deixa de se arrepiar com o chiado da pólvora, com o espetáculo das chamas bailando em volta dele. E tem um tremor, em todo o corpo; e sente algo, uma presença pesada, perto dele, dentro dele, que se impõe. *Pega ali o meu facão, meu filho.* E o detetive vai, ainda de mãos atadas, buscar o facão do preto velho. A entidade empunha a arma com a lâmina pra cima: *agora corta a fita, você sozinho, sem derramar sangue.* Domício apoia o tecido contra o fio do ferro, com força, e movimenta lentamente, cuidadosamente, os braços pra frente e pra trás, até que a fita se rompa. A magia estava feita. *Isso é demanda de vingança, filho. É elas que tão voltando... E vêm trazendo gente com elas.* Para um pouco, respira. *Às vezes, filho, pra escapar do fogo tem que se afundar no mar,* o velho diz; e canta pra subir:

mas quando o velho vai embora
ele não vai a pé
ele vai montado
nas costas do jacaré

Exatamente como o sábio de Pamatan escapou de Lombok para a ilha de Bali.

A Floresta

Entre 1949 e 1960

Um dos grandes mistérios da história da Floresta do Andaraí é relativo à política interna da escola, ao embate de forças entre os diversos subgrupos de componentes, durante a era Grega, cujas consequências teriam sido a ascensão do Juba como compositor e a ruptura daquele bloco sólido, aparentemente impenetrável, formado pela parceria Binha e Beléu.

Adotado um critério estritamente carnavalesco, a cronologia da Floresta se divide em dois períodos: a era clássica, em que os enredos, concebidos por Tãozinho e pelo Gúia, com o auxílio do Alicate e de Edna Fina, que além de passista era costureira, tratam dos grandes vultos e efemérides da história pátria; e a era moderna, a dos enredos idealizados pela Grega, em que predominam temas indígenas e, digamos, literários.

Tudo isso já se disse antes, mais ou menos. O que não se disse é que Antenor Baeta, o Juba, foi quem levou a Grega à Floresta, quem convenceu Tãozinho a contratá-la. Isso foi pouco depois do desastroso desfile de 55, "Exaltação ao vice--rei Conde dos Arcos", quando a escola apresentou uma alegoria dos Arcos da Lapa como se fossem obra do conde, além de insinuar, na letra do samba, que o Rio de Janeiro tinha se tornado capital do Brasil em 1808.

Juba esculhambou os compositores, Betão da Mina e Caroço, sugerindo que fossem eliminados da ala; criticou pesadamente Gúia, dizendo que ele, Juba, havia apontado todos os defeitos do enredo, que só não foram corrigidos por pura negligência; e acusou o tesoureiro Alicate — que trabalhava num banco e tinha sido juiz de futebol — de ser ladrão, devia estar roubando a escola; fez mais uma ou duas intrigas, e apresentou a Grega como solução.

Se a Floresta não conquistou títulos, se começou a se afundar em dívidas, a depender das parcas vaquinhas entre moradores, do apoio cada vez mais raro dos comerciantes, foi no período da Grega que surgiram os grandes sambas da escola. A Grega estreou com "Confederação dos tamoios", samba de Binha e Beléu. Os componentes abraçaram a obra, mas Juba via nela um monte de problemas, tanto que (acusava) não recebeu a nota máxima dos jurados. Então, no ano seguinte, Juba vence a disputa, com o belíssimo "Cativeiro de Hans Staden". Pensou talvez, Antenor, que fosse ganhar outra vez, em 58, com "Os timbiras" — mas o samba preferido foi novamente o de Binha e Beléu. Essa composição, apesar de clássica, também não recebeu nota máxima.

É por essa brecha que Antenor entra. Numa tendinha que havia ali do lado do antigo cruzeiro, Juba tem uma conversa com os parceiros, Beléu e Binha. Aponta, no samba de 58, os pontos que ele julga frágeis; faz mais: afirma ter certeza, que soube por alguém que conhecia o jurado, de que a nota não foi maior por conta daqueles aspectos: *tem muita rima pobre, "herdado", "flechado", "amado", "exaltado".* E usa toda essa lábia para se oferecer como parceiro deles, especialmente para ajudar na letra do samba, visando a disputa do ano seguinte. Binha e Beléu se sentiram, pela primeira vez, sob a sombra opressiva da biblioteca.

E Juba sai, deixando os dois sozinhos, para debaterem a proposta. Binha foi contra, no início; era vaidoso, não se julgava inferior por ser mecânico; não eram, eles dois, os maiores poetas do Andaraí à toa; tinham talento, tinham mérito; samba era, antes de tudo, inspiração.

Havia ainda certa birra, por parte do Binha, em relação a Antenor. Aconteceu depois da terceira partida entre América e Flamengo, pelo carioca de 55, que deu o tricampeonato aos rubro-negros. Depois do jogo, num botequim da Leopoldo, Binha, torcedor fanático do América, em estado desabrido de fúria, acusava Tomires de ter quebrado na maldade a perna do craque Alarcón. Juba, então, que estava perto, dispara: *futebol é coisa de homem, marica não joga nem torce*. Não houve briga, mas Binha ainda guardava aquela mágoa, ainda tinha viva a memória da ofensa.

Esquece isso, passado se enterra, argumenta Beléu. O contínuo tinha medo da influência de Juba sobre a Grega. Diziam que a artista era amante dele, que recebia ele na própria casa, onde andava toda peladona, e dava de quatro na frente do marido, um corno manso francês, metido a filósofo, que também gostava de ficar nu. Se não aceitassem a parceria, Juba certamente iria fazer carga pesada contra eles quando estivesse na cama da Grega, ou no chão ou num sofá, porque parece que ele, assim que entrava na casa dela, já ia metendo enquanto o francês preparava o lanche.

E Juba, Binha e Beléu ganham o samba de 59, "Fenícios no Brasil", quando a Floresta cai para o terceiro grupo. O que houve, então, depois, entre os parceiros, entre os dois compadres, só Beléu poderia dizer, porque Binha estava morto. Dizem que teria sido tensa a relação dos três, enquanto faziam esse samba; e que Juba, quando surgia uma discussão estética, sempre defendia a opinião de Beléu. Concretamente, sabemos que, pro carnaval de 60, o samba vencedor, pra descrever o enredo "Capitu, mulher de verdade", foi composto por Juba e Beléu. Binha tinha abandonado Beléu. Tinha brigado com Beléu; e concorrido em parceria com Betão da Mina. A obra deles, no entanto, sequer chegou à final.

Sábado, 19 de janeiro de 1974

Por que você quer saber? Está trabalhando pra polícia?, indaga Ísis, a antiga porta-estandarte da Floresta. Estavam na estreita cozinha de um modesto salãozinho de beleza, ela e Domício, que ficava na subida do morro do Cruz, pouco antes da casa do dr. Dalmídio. Era hora do almoço; e, enquanto a manicure esquenta a marmita, num fogareiro a gás, o detetive pergunta pormenores, coisas pequenas, trivialidades que tinham acontecido no dia da chacina. Não confessa, é evidente, que tinha ido ali para cumprir o compromisso assumido com Turquesa. Pelo contrário: mente, dá uma desculpa medianamente verossímil, *você sabe, minha madrinha... quem perde um filho assim sempre quer entender...*

E Ísis lembra da mãe, que quase morreu tentando defendê-la. Desde pequena percebeu que não era, que não podia ser Pedro Paulo. Havia entre o seu ser e aquele nome uma enorme incongruência. Mais tarde, adolescente, compreende que Pedro Paulo existe, mas é apenas o corpo; e que precisava de outro nome para a alma. Então emerge Ísis, quando ela lê, num jornal, uma matéria sobre bailes carnavalescos, com imagens em preto e branco de um concurso de fantasias. E se encanta, justamente, com a que representava a deusa egípcia.

Não se lembrava de quantas vezes apanhou na escola e na rua. Mas a grande ameaça estava dentro de casa. A mãe tentava convencê-la a disfarçar, a fingir ser um Pedro Paulo de alma e corpo, na frente do pai e dos irmãos. Há coisas, todavia, que são impossíveis. Até que um dos irmãos sai na porrada, na rua, e escuta uma acusação que desonrava o caráter do Pedrinho, que desonrava a família inteira. Volta pra casa furioso e descobre, escondidos debaixo da cama, as roupas e os adereços de mulher; e bate nele, no corpo dele, e na alma dela. A mãe aparta a briga. Mas o pai volta do trabalho. É impossível descrever o que acontece. E Ísis é expulsa de casa.

Sem ter o que comer, sem saber onde morar, cai rapidamente na mão dos cafetões. Morou na Lapa, num cubículo dividido com outras quatro pessoas. Seus ganhos se resumiam ao café da manhã, almoço e janta. Até ser descoberta por Malaio, que a levou para o Mangue.

Eles estavam discutindo por causa do samba, explica Ísis. Domício fica sabendo, então, de mais um aspecto da história: a Grega insistia em repetir o enredo de 60, "Capitu, mulher de verdade", que nunca chegou a ser exibido na avenida, porque a escola desistiu de desfilar e terminou enrolando bandeira, como já se disse. Segundo a Grega, era sua obra-prima, não abria mão daquilo.

O problema era que, repetindo o enredo, teriam de repetir o samba, da parceria Juba e Beléu. Essa imposição da Grega, a reedição do enredo antigo, gerou grande revolta entre os compositores.

O detetive pergunta em qual partido estava Ísis. Ela é sincera: *eu ia sair de Capitu e Sanhaço de Escobar, claro que eu queria o enredo de 60*. Domício compreende o alcance da arte, do pensamento de Katierina Ivânova Krukovskaya — especialmente quando fica sabendo serem as fantasias de Bentinho, o dom Casmurro, destinadas aos componentes da bateria, ala em que, naqueles tempos, só entravam homens.

Ísis não podia, contudo, continuar naquela vida pra sempre. Malaio era diferente, pagava, dividia a féria; mas tratava todas elas com desprezo, como quem negocia com lixo, com dejetos. E as obrigava a fazer abjeções, coisas que elas não queriam, que não suportavam. Ísis odiava em especial um cliente que gostava de vê-la imitando criança; Malaio a forçava a se vestir daquele jeito e chamar o homem de "papai".

Com as economias que conseguia amealhar, Ísis foi pagando uma senhora que dava um curso caseiro de cabeleireira e manicure. Nessa altura, já era a porta-estandarte da Floresta. E, por frequentar o Andaraí, foi numa consulta com Benedito Feiticeiro. O velho disse e predisse muita coisa; e receitou um feitiço, um despacho que ela devia entregar na boca de um mato. Ela fez o curso, fez a obrigação, e saiu do Mangue para o Andaraí, para os braços do Sanhaço, como foi predito pelo velho. Consertou o rumo do destino. Dependia ainda do dinheiro do Mangue, porque Sanhaço era baleiro, tirava uma miséria, não conseguia sustentar uma mulher sozinho. E Ísis, além de trabalhar pro Malaio, começou a fazer a unha das mulheres do morro, quando dava tempo, visando um dia se libertar daquele cativeiro. Só não podia imaginar que sua vida com Sanhaço não duraria muito.

Mas quem merecia ter morrido não morreu, ela diz, com lágrimas, enquanto termina a refeição de arroz com ovo e um pouco de farofa. Esse é o fio da meada que o detetive pega: *como assim?* A manicure, emocionada com as lembranças, desembucha: que Malaio deveria estar na rinha, no dia da chacina; ficaram esperando ele chegar. Queriam que ele, o patrono, tomasse a decisão final, resolvesse o impasse. Era ele o dono do dinheiro. E o dinheiro manda.

Domício intui que estava ali a explicação.

A biblioteca

Terça-feira, 22 de janeiro de 1974

Naquele dia, quando volta da consulta à dona Zeza, tem ainda uma tarefa a cumprir. Disse tarefa, mas era só um compromisso: devolver o *Asfalto selvagem* à biblioteca da Borda do Mato. Carregava o segundo tomo do romance e um pacote, um amarrado com quatro volumes de um livrinho popular, adquirido no dia anterior, quando sai do escritório, ao meio-dia, para morder um sanduíche de pernil. Não tinha recebido a resposta do marido da Avestruz Vermelha, se deveria ou não continuar as investigações, tirar as mesmas fotografias deslumbrantes que já constituíam uma verdadeira coleção. Não havia, portanto, nenhum relatório a ser entregue no Palheta.

Na volta, confere o bicho no poste; e passa na esquina onde havia um sebinho de calçada. Seus olhos destros vão bater nas *Memórias secretas de Giselle Montfort, a espiã nua que abalou Paris*. Lê a advertência, lê o prólogo: o tédio do dia logo se dissipa; faltava pouco para terminar a Engraçadinha, e ele já podia mergulhar na Giselle.

Isso se dá na segunda. Na terça, ocorrem os fatos já narrados. E ele volta pra casa, depois de visitar a cartomante. Em frente ao número 63, fechando a entrada da garagem, vê estacionada uma Variant preta, de 1600 cilindradas, novinha em folha. Domício se aproxima do carro, que não reconhece.

É quando escuta, às suas costas: *chegando cedo em casa, rapaz?* Era a voz superior de Xavier Anzoátegui, o juiz, marido de Núbia, que atravessava a rua, vindo do largo do Verdun. Antes que o detetive possa responder, o magistrado completa, notando os livros que ele traz nas mãos: *é o mesmo vício do teu padrinho; isso não vai te levar a lugar nenhum; você tinha que ter feito engenharia; todo mundo tem que fazer engenharia; o futuro da humanidade é a máquina; olha esse carro: tem dois carburadores! Dois carburadores! É uma potência! Imagina quando fabricarem com quatro, com oito, com dezesseis!* Domício não compreende como Núbia abria as pernas para um sujeito como aquele; e não tem tempo nem de abrir a boca: *diga a seu padrinho pra parar de encher vocês de livros; a informação hoje em dia está toda nos jornais; Núbia outro dia estava perdendo tempo com o tal do Machado de Assis, um homem que ainda fala em tílburis quando nós já andamos num carro de dois carburadores...* O resto do discurso se perde no interior da Variant preta, que arranca logo, de maneira espetacular.

Meio a nocaute com a enxurrada verbal do magistrado Anzoátegui, Domício toma a direção da varanda que emoldura a porta principal do casarão. Mas se recompõe a tempo de evitar a ousadia; e refaz os próprios passos pelo caminho que lhe cabia desde pequeno: o do quintal. Na cozinha, ou melhor, na copa, a cena rara: Tobias Baeta, o padrinho, está sozinho, lendo e tomando café. O detetive pede a bênção; e devolve o *Asfalto selvagem*. Começam então a debater a obra, o estilo do Nelson Rodrigues, que o criminalista considera chulo.

Mas Tobias muda abruptamente de assunto, notando os quatro volumes da Giselle: *isso não é literatura; é coisa daquele mentecapto do David Nasser.* Domício não fazia ideia: o livro era vendido como se fosse tradução de uma obra francesa,

Mon Corps, nu pour la France. Tobias explica: *é uma fraude, como tudo que ele escreve, tudo feito pra ganhar dinheiro.*

O padrinho se levanta, irritado, vai até uma das estantes e volta com um volume de quinhentas páginas. *Se você gosta desse gênero de livro, que explora taras e perversões, leve este; aqui você vai ter literatura.* E entrega ao afilhado um romance intitulado *Um nome para matar*, de uma autora que ele nunca tinha lido, Maria Alice Barroso.

Era curiosa a personalidade de Tobias: era rico, lutou para ser rico, e não admitia que escritores tivessem aquela mesma ambição. O direito, para ele, era só um meio, uma forma de ter e de manter a biblioteca. Mas a biblioteca, a literatura, eram sagradas. Eram mais que uma religião.

Domício, naturalmente, não diz nada. E vai pro seu quartinho, em cima da garagem, no fundo do quintal.

Quarta-feira, 23 de janeiro de 1974

Domício salta do 607, em Quintino, atravessa a linha do trem e começa a procurar a rua Guaramiranga, onde morava o dono da Belina vermelha. Tinha pego o recado na secretária eletrônica, de manhã cedo, enfim deixado pelo homem do departamento de trânsito.

Só pelo endereço, e pela informação adicional de que aquele tinha sido o único dono do veículo, adquirido diretamente numa concessionária da Ford, o detetive deduz que se tratava de um testa de ferro: muito improvável que esse morador de Quintino, certo Francisco Hilário Santos, tivesse bala para comprar um carro zero.

O detetive entra, então, na Guaramiranga. Como imaginava, eram casas dignas, mas modestas. Uma molecada solta pipa, no fim da rua. Linhas com cerol secam entre os postes. Um cão late quando ele cruza a frente de um candomblé,

Ilê Axé Oman Yeyê Xewá: galinhas soltas no terreiro, uma porca fossando, peles de cabra ou bode curtindo ao sol, um ebó na porteira atraindo as moscas, e uma grande função entre as iaôs. Num botequim, vizinho a um terreno baldio que servia de quaradouro, a vitrine do balcão exibe ovos coloridos, torresmos, alguns chispes mergulhados num caldo grosso de feijão, farofa, paio acebolado. Nenhum freguês, todavia. Só outro cachorro, lambendo as patas. Compra fósforos e um maço de Minister; e pergunta pelo tal Francisco, já que não tinha encontrado a casa. O português aponta uma espécie de vila: *é nos fundos*. E ele vai.

Bate palmas. Uma senhorinha magra, de vestidinho puído e já sem cor, vem capengando até a varanda. *É a casa do seu Francisco Hilário?* Era. Ela chama; mas o homem demora a aparecer. Domício logo compreende a razão: vinha andando com dificuldade, apoiado em duas muletas, a perna direita amputada na altura do joelho. O constrangimento do detetive é avassalador: aquele homem não podia ter comprado a Belina. Ainda assim, tenta jogar a conversa mole que tinha planejado: que era funcionário da Caixa; que tinha vindo avisar que seu Francisco Hilário tinha um dinheiro a receber, na agência central. E entrega um formulário falso, pro homem conferir os dados, preencher e assinar. *Como assim, meu chapa?* A voz não é a de um coitado. *A troco de que vão me dar dinheiro?*, e o tom sobe, agressivamente. Domício insiste na farsa: que era apenas um funcionário, que não sabia nada, que o trabalho dele era encontrar as pessoas que tinham créditos a receber. E aventa a hipótese de ser algum direito trabalhista. *O senhor trabalhou onde?*

É quando a senhorinha reaparece na varanda e entrega um objeto ao aleijado, *se precisar...* O detetive arregala os olhos: porque é um tremendo três oitão que o homem agora empunha, mantendo a muleta presa sob a axila: *conta essa história direito, meu camarada! Funcionário da Caixa?!*

A essa altura, alguns vizinhos já assistem ao tumulto. E foi talvez a sorte de Domício — porque um deles, que parecia ter alguma autoridade ali, empurra o detetive enquanto manda o outro se acalmar, *deixa de palhaçada, Hilário; tá procurando mais encrenca?!*

Não havia clima para mais nada, não tinha como interrogar mais ninguém, nunca iria saber a que tipo de encrenca o tal vizinho alude. Domício desce a rua envergonhado, não tem coragem de mirar o português do botequim, nem as moças bonitas do Ilê Axé, que acompanham aquela retirada inglória.

No trajeto de volta, retoma a *Giselle* e relê uma frase que havia sublinhado: *só a verdade é violenta.* Como acabava de testemunhar.

Quinta-feira, 24 de janeiro de 1974

Presumiu, Domício, que o relatório do dia 14 tinha encerrado o caso. Estava, num certo sentido, livre para montar suas tocaias, satisfazer aquela curiosidade de saber quem era a Avestruz Vermelha, quem era o marido da Avestruz Vermelha. E, talvez, tentar comer a mulher. Havia, no entanto, um problema: a aventura de Quintino tinha deixado o detetive com um pé atrás. Talvez estivesse se metendo com gente perigosa, dessas que não hesitam em matar.

A única solução, a única solução segura lhe parecia ser mesmo vigiar a passagem da Belina, na encolha, pela Conde de Bonfim; mas só podia fazer isso quando tivesse tempo, porque o Rio de Janeiro demandava muito: era, provavelmente, a capital mundial do adultério. E ele estava cheio de trabalho. Só naquele dia entraram três novos casos, três maridos que suspeitavam das mulheres. O último deles, inclusive, uma figuraça:

passou a reunião inteira olhando para o chão ou para os lados. Uma vergonha. Um homem como aquele deveria era deixar a mulher em paz.

Nem bem se despediu do último cliente, o telefone toca: *alô* (Domício atende); *meu rapaz* (voz masculina), *não aceito a rescisão unilateral do nosso contrato; nunca me proponha esse tipo de coisa; se tem alguém que pode encerrar esse assunto, sou eu; não me desrespeite; não me subestime; vá no mesmo posto pegar seu pagamento; dobrei o valor; ela sai hoje, perto das dez horas, de Copacabana, rua tal...* E o homem desliga.

Domício se assusta, não tinha rompido contrato nenhum, tinha feito uma mera sugestão, visando não explorar o próprio cliente sem oferecer um resultado mais imediato. O tom da voz, a maneira direta com que foi ameaçado o fez lembrar da senhorinha entregando o revólver ao aleijado. Tudo fazia sentido. Aqueles três estavam seguramente associados em algum negócio ilícito. Era gente da mesma laia. Passa a ter, o detetive, ainda mais certeza de que lidava com figuras perigosas.

De noite, no endereço de Copacabana, Domício recomeça a seguir a Belina. Nada haverá de verdadeiramente novo, nesse ato, que eu possa oferecer a vocês. Apenas que a perua (me refiro ao carro) tomou a direção de Olaria; e que, na rua Uranos, para. Há um pagode pulsando, mais à frente, debaixo de uma tamarineira. E um grupo de rapazes, mais perto, na outra calçada, talvez indo pro samba. São eles que contemplam a bunda imensa, nua e exuberante da Avestruz Vermelha, rebolando de maneira tão cadenciada e tão empinada, que mostrava até os carnudos beiços íntimos, negros e encaracolados, como era moda na época — cena épica que o detetive mal consegue registrar com sua câmera.

E a rotina da Belina se repete. Na Conde de Bonfim, Domício para no orelhão de sempre. Quando desliga, depois de anunciar *missão cumprida*, vê Cajá, acenando de longe, no meio de um grupo que provavelmente descia do ensaio da Unidos da Tijuca. O borracheiro vem até ele meio afobado. E o detetive se apavora com a informação que ele traz: *preciso te falar, compadre: essa Belina vermelha que você anda procurando é uma tremenda sujeira; sai fora: esse carro é o da dona Maninha, a mulher do Ali Babá!*

O bicho

Entre dezembro de 1973 e o início de janeiro de 1974

Gúia foi o primeiro. Tinha curso de eletricista, era técnico da Telefunken e diretor de harmonia da Floresta. Difícil encontrar alguém, naquela época, que soubesse levar uma escola de samba na avenida como o Gúia sabia. Era alegre, gozador, tinha sempre uma tirada; podia passar horas contando piadas de todos os níveis e estilos, dominava um repertório imenso de casos engraçados, que ninguém saberia dizer se eram verdade ou ficção. Essa mesma memória privilegiada o tornava quase imbatível numa mesa de sueca.

Morreu na chacina de 66, com três tiros no peito. Foi o primeiro a ser sonhado, o primeiro que voltou. E voltou num sonho da Bigu, que viu o Gúia de olhos abertos, com aquela expressão de quem morreu sem ter vontade, assustado ainda, inconformado com o destino. Caiu sentado, com as costas apoiadas nas tábuas que fechavam o gamelão onde brigavam os galos, a cara esbugalhada olhando pra porta do galpão.

O sonho da Bigu foi menos sonho que lembrança: a enfermeira reviveu a cena, o dia da chacina, quando entra na rinha e dá de cara com a cara do Gúia. Acordou nervosa, agitada, ensopada. Viu que o vento da noite tinha derrubado o vasinho da sala, e constata que deixou a porta da frente aberta.

Sai, então, pra trabalhar. Encontra Edna Grande, na descida, e comenta o pesadelo, a negligência de ter deixado a porta aberta. Quando passam na Jaqueira, escutam um buchicho, uma agitação de vozes e passos. Edna Grande, curiosa, vai ver o que é. E era na casa do Gúia, da família do Gúia: tinham deixado a porta e as janelas abertas; e, durante a noite, algum bicho tinha entrado, porque as latas de arroz, feijão e açúcar apareceram reviradas e derramadas pelo chão da cozinha.

E foi assim que começou, ou pareceu começar. Pelo menos, foi quando se passou a saber. Porque pouco depois aconteceu coisa parecida na casa do Peixe Frito; e depois na do Mamão e do Bujão. Isso misturado com gente sonhando com esses mortos. Ou com os mortos sendo vistos durante o dia, como no caso do Peixe Frito, que apareceu na porta da Confeitaria Colombo, onde tinha trabalhado de garçom. Para não falar de casos graves, como o da netinha do Mamão, que tinha dois anos quando ele morreu, e um dia acordou com a calcinha suja de sangue, chorando muito, como se houvesse sido machucada.

Histórias antigas sobre o homem-morcego voltam a circular. A maioria, naturalmente, acha tudo uma bobagem, que as pessoas estão histéricas, que são influenciáveis, que a netinha do Mamão teve a regra antes do prazo; que bastava colocar chumbinho ou ratoeira que ninguém ia ter lata de comida revirada.

Chegamos então ao dia 7 de janeiro, quando Macula e Sóta conversam sobre Júnia, que também andou sendo sonhada; e logo depois ao dia da ossada, quando o romance começa, quando Domício ganha no Tigre duas vezes. Naquela semana, Jorge Cego diz a frase *elas estão voltando*, lançando a guimba do cigarro quase nos pés de Sóta. Nem ele nem Macula compreendem. Estão fascinados pelo problema prático, banal: a qual bicho corresponde Júnia? A sorte de Domício talvez tenha prejudicado, retardado, a solução do enigma.

Quarta-feira, 23 de janeiro de 1974

Na tendinha do Biro, Macula, tenso, espera a chegada do Sóta, que vem subindo lentamente a ladeira do Cotovelo. Nem se cumprimentam: *Macaco?*, é a pergunta do auxiliar de almoxarife. O outro balança a cabeça: *Porco*. Não tinha mesmo a menor lógica. *E Xítu, ganhou de novo? Ontem não sei, ele não passou na praça*. Era verdade. Domício, no dia anterior, tinha ido com Donda no Caju, para a obrigação da Ciganinha; e fez sua aposta no Rodo. O apontador continua: *mas hoje ele foi; e jogou no Burro, porque o padrinho chamou de burro o cara que escreveu um livro... sempre essa história; não gostou que eu perguntei, acho que ele está dixavando...*

Macula, que era amigo de Domício, tem uma expressão de dúvida: *e se for isso mesmo, se o palpite certo estiver nos livros?* Sóta não achava razoável. Debatem, especulam. A certa altura, o auxiliar de almoxarife desabafa: *estou com um mau pressentimento, acho que vão acabar me mandando embora; preciso dar o golpe! Xítu podia dar a dica pra gente.* Não deixa de haver mágoa nesta última sentença.

Estavam nesse ponto quando avistam, embaixo, na Ferreira Pontes, Domício e Donda. *Acho que ele fisgou o peixe, compadre!*, Macula comenta. O apontador, contudo, retruca, *não sei, não.* E o casal se aproxima. O detetive não gosta do modo como Sóta olha pra Donda; e ainda menos do jeito que ela devolve o olhar. O breve mal-estar, contudo, é dissipado pelo tema do bicho: *então, compadre, ganhou ontem?*, pergunta o auxiliar de almoxarife. Domício explica que não; que tinha jogado no Rodo, na milhar 4901, no duro, porque estava com pressa; e que o resultado, na Paratodos das 14 horas, tinha sido 7104. A informação surpreende os outros dois. Porque o palpite, em si, tinha sido bom: Domício teria ganho, se houvesse invertido milhar e

150

centena, ou carregado no grupo, porque 7104 também é uma milhar da Avestruz.

O detetive, todavia, não parece se importar com as críticas. Macula percebe, sente haver nele, no semblante dele, certa inocência, certa puerilidade, como quem leva tudo na esportiva, como se o bicho fosse apenas uma brincadeira. Talvez porque não precisasse tanto como ele. Talvez porque ler livros não significasse ter inteligência. E o auxiliar de almoxarife volta à carga: *e hoje?* Domício responde francamente, sem desconfiar que Sóta já tinha dado o serviço: *joguei no Burro, errei feio; e pra Federal ia jogar no Porco, compadre, mas não deu tempo.*

E ele começa a explicar, mostra o livro, em cuja capa havia uma suástica; que era a história de uma francesa em luta contra os alemães; e que alemão sugere porco, por causa das comidas típicas (diz isso sem mencionar *kasslers*, *eisbeins* e as muitas *wursts* suínas, para não parecer arrogante); e que de tarde tinha visto uma porca no terreiro de uma casa; e passado por um botequim que tinha torresmo, chispe e paio na vitrine do balcão.

Mas nem Sóta nem Macula acompanham a explicação. Não por ser complexa, não por ser inverossímil. Estão estarrecidos, impressionados. Não têm, a princípio, coragem de dizer que tinha mesmo dado Porco. Quem dá a informação é Zé Maria, que acaba de parar no Biro e pegar o rabo da conversa. O detetive dá uma tremenda gargalhada, como quem diz *é mole, compadre?!*

Donda aproveita o bom humor do homem e lembra que precisa tomar banho e se trocar, antes de ir na mãe Téta. Zé Maria terá o mesmo destino, naquela noite; mas fica mais um pouco, espera que o casal se afaste, para contar sua história.

E a história é simples: que tinha escutado (garante que sem querer) uma conversa dos dois, Macula e Sóta, na Flor da Mina, no dia do festival de chope. Ficou sabendo da sorte que o detetive vinha tendo nos últimos dias. E que, por mero acaso, tinha visto Donda e ele, no dia anterior, entrando no Caju. E fica curioso. Segue os dois, de longe, para sondar, para ver o que estão fazendo ali. E vê Donda arriando um carrego. Espera eles saírem, se esconde, ou tenta se esconder (supõe não ter sido visto por Domício), e vai depois verificar o que era.

Nada demais: a obrigação parecia consistir nas oferendas comuns que se costumam dar às entidades da Calunga Pequena. Mas ele repara num pormenor fundamental: a sepultura em frente à jaqueira onde o carrego foi arriado era do grupo do Porco. E Zé Maria, porque ouviu a conversa entre Sóta e Macula (porque era mesmo essa sombra que espreitava a sombra dos outros), soube também que no Andaraí muita gente vinha sonhando com o finado Binha.

E o enigma se resolve em seu cérebro; ele faz a conexão mais simples, mais tradicional, mais popular: o bicho anunciado pela pessoa sonhada, pelo morto que volta, será certamente o correspondente ao número da cova que recebeu o corpo. É o que todos fazem quando vão no enterro, anotar a milhar do túmulo pra jogar no bicho.

Ora, Binha (ele bem se lembrava) tinha sido enterrado no Caju. E Zé Maria volta correndo pra secretaria, pede os livros antigos, o registro dos sepultamentos ocorridos no ano de 66. Revira as páginas com avidez, com violência, quase rasga as folhas; o funcionário da Santa Casa não compreende, reclama, *ficou maluco?* Mas estava lá: o compositor, o mecânico, o pai da Tiça, o parceiro de Beléu, tinha sido enterrado numa cova do grupo do Porco, como o papa-defunto queria demonstrar. Porque a verdade é simples; e o bicho é mesmo uma ciência exata.

Jorge Cego, reclinado em sua cadeira, plácido, fumando um cigarro atrás do outro, escuta tudo. E diz, franzindo a testa, na direção da noite: *elas estão voltando...*

Entre 1965 e 1974

E quem era exatamente Sóta, o apontador de bicho que agora vinha devassando Donda com olhos de cobiça? Sóta era Sóta porque tinha a sota, a dama de paus, tatuada no braço esquerdo. Era uma imagem grande, muito bem-feita, que tomava quase inteiras as faces externas dos bíceps e tríceps. Em 69, quando ainda era iniciante mas já começava a fazer sucesso como investigador particular, Domício reconhece, na tendinha do Biro, o apontador novato com quem vinha fazendo o jogo na praça Saenz Peña.

Convida o camarada para uma cerveja; e, como já havia reparado na dama de paus, e ficado curioso com sua eventual simbologia, enxerga naquela aproximação a oportunidade de fazer a pergunta: *tem algum motivo, a tatuagem?* O rosto de Sóta, que já não esboçava nenhuma simpatia, que era duro, que era árido, se sobrecarrega: *você já esteve na cadeia, garoto?* Não houve, todavia, atrito. Sóta assume um tom professoral, sem perder a aspereza, e explica que todo presidiário necessita de uma tatuagem, que constitui um rito de passagem, que é uma legítima marca tribal, que às vezes evoca o próprio crime. E termina o assunto: *cuidado com o que você pergunta.*

Teve um destino, Sóta, marcado pela Tragédia da Mulher: amou e foi traído. Na época, morava no Jamelão e trabalhava de chaveiro. Não sei os meandros mais sombrios do caso. Sei que invadiu a casa da vítima, pela porta da frente, e a surpreendeu comendo a mulher de que se julgava dono. Não dirigiu a ela uma única palavra agressiva, um xingamento mínimo, nem mesmo um olhar de censura. Matou o homem, apenas, com uma facada na garganta. E foi tomar banho no banheiro do morto, escolheu uma roupa limpa no armário do morto, e foi, calmamente, comprar um pacote de cigarros, antes de se entregar. A Dama de Paus nunca deixou de visitá-lo na prisão.

Há quem despreze signos, símbolos, estigmas, emblemas; quem não reconheça neles uma força mágica. Sóta riscou na pele a imagem da dama de paus; e, por ser a dama de paus, certo criminalista se interessou por sua história: Tobias Baeta. E Sóta, preso em 65, sai da cadeia em 69. Havia ainda muita vida.

A Dama de Paus, contudo, já tinha outro. Sóta concorda, acha justo: afinal, foram quase cinco anos, nenhuma mulher é obrigada a ser Penélope. Grato, comovido, deixa pra ela a casa do Jamelão e se arranja noutra, no fim da Ferreira Pontes. No dia seguinte, começa num emprego novo, como apontador de bicho, num dos pontos do contraventor Elias Jorge Elias — grande amigo do advogado que o livrou de cumprir vinte anos de cadeia.

Para Ali Babá, era conveniente ter Sóta em sua equipe: conhecia o sistema e a metafísica do jogo; era rápido nos cálculos, tinha boa cabeça pra análise combinatória; e morava no Andaraí, território ainda controlado por Malaio.

Sóta passou a agir como um agente infiltrado: recebia rascunho de apostas, em confiança, entregando a pule depois, pagando sem atraso, sem aceitar comissão. Era conhecido em todo o bairro; gostavam dele, especialmente as mulheres, pela maneira como tinha tratado a Dama de Paus; era admirado e temido pelos homens porque tinha agido como se deve agir. Em pouco tempo, passou a ir de casa em casa, durante a noite, recolher apostas para o dia seguinte; apanhava jogos deixados na tendinha do Biro, ou na quitanda do Anésio, clandestinamente. Com autorização de Ali Babá, passou a fiar alguns desses jogos, para clientes mais fiéis. Isso foi matando o movimento no Rodo, onde ficava a principal banca de Malaio, naquela área.

E Malaio demorou muito a perceber a razão da queda abrupta das suas receitas. Àquela altura, contudo, seu poder tinha diminuído. Não tinha coragem de ir pra um confronto direto, armado, mandar matar um apontador do Ali Babá. Embora tivesse ainda amigos na polícia, já não parecia ser suficiente. Escóte mesmo, com uma frase meio ambígua, tinha advertido o agiota, *não reage que é pior*.

Quando descobriu que Anésio era o depositário de jogos para a banca rival, mandou assaltarem a quitanda, em represália. Todavia, uma semana depois, seus homens foram pegos e surrados exemplarmente. Tinha amigos na polícia. Mas Elias Jorge Elias tinha mais. E Malaio teve que aceitar o chapéu que Ali Babá estava dando nele. Ia se sustentando mais por vaidade, mais por vício que por qualquer outra coisa. Foi levando assim os negócios, com um ou outro ponto de bicho, com uma ou outra mulher na zona. Abandonou o galpão do largo da Arrelia, e agora levava seus galos para brigar nas rinhas alheias, em Magé, Tanguá, Itaboraí. Estava cada vez mais preocupado em se manter na usura, com seus pregos ilegais — ramo em que não vinha enfrentando opositores, em que a concorrência ainda não era desleal.

Em 1974, Malaio não tinha mais que dez pontos de bicho, sendo aquele do Rodo, apesar de tudo, ainda o principal. Ali Babá preferia aquele método, ir minando seus adversários, devagar, até que eles pedissem arrego. Sóta, contudo, apesar de todo o esforço, toda a lealdade ao patrão, não ascendeu, como queria, ao cargo de gerente.

Naquela quarta-feira, 23 de janeiro, quando Zé Maria conta a história do cemitério, quando fica comprovada a relação entre o bicho da cabeça e o número do túmulo dos mortos sonhados, ele tem uma ideia, que guarda para si. Contraindo os músculos do braço esquerdo, olha nos olhos da sua dama de paus; e crê, ou tem certeza de ter visto ela sorrir.

A ossada

Domingo, 3 de fevereiro de 1974

Domício ainda admirava a bunda de Sheila subindo os degraus da capela quando nota a aproximação de Turquesa, que vem cumprimentá-los, acompanhado da mulher, Mara, e do filho, Carlinhos, nome que homenageava o de Carlos Castilho, goleiro imortal do Fluminense. O detetive nota que Mara, mesmo naquele calor, vestia blusa de mangas compridas e usava cachecol, além do véu preto e dos enormes óculos escuros, como se fosse a própria viúva. Na Borda do Mato, seriam todos capazes de deduzir o motivo.

Não foi feliz, Mara, naquele casamento: era proibida de sair de casa sozinha, sem a companhia de um homem da família que fosse da confiança do marido. Zanja é quem contava essas coisas, narrava histórias terríveis sobre o modo bárbaro com que o delegado tratava a mulher. Conto logo o pior: certa vez, num dia em que o delegado chega em casa mais cedo, meio que de surpresa, Mara não estava. Furioso, mas sem perder a capacidade de raciocinar, vai para a área de serviço, tira o cinto das calças e espera a mulher voltar, como numa tocaia. E ela volta, tranquila. Tinha ido, naquele dia, ver uns tecidos estampados, porque gostava de costurar, como maneira de passar o tempo. Do seu esconderijo, Turquesa escuta os passos de Mara pelos cômodos; e prepara o bote. Então, quando ela, enfim, entra na cozinha e começa a preparar o café da tarde, ele vem pé ante pé, pelas costas, e dá a primeira de umas duas, três dezenas de cipoadas. No hospital, obrigou que ela confirmasse ter sido vítima de um assalto. Como Turquesa era polícia, nenhum vizinho disse nada; e a coisa ficou por isso mesmo.

Antes de entrar na capela pra falar com a família, o delegado faz um sinal pra Domício. Eles se afastam, vão para uma área onde não há ninguém. O detetive estava ansioso por aquele encontro. Tinha passado a manhã de sábado no escritório, quando obteve uma informação importante, vital, pra transmitir a Turquesa. Telefonou pra 20ª, ligou pra casa dele; tentou encontrá-lo pessoalmente naquele mesmo dia, tudo sem sucesso. Queria, precisava falar antes do enterro. Deixou recado, enfim, como última tentativa; mas o delegado não retornou.

Apesar dessa urgência, quem fala primeiro é o delegado, em voz baixa, com o bafo de quem tinha bebido muito, tinha bebido mal: *presta atenção quando o caixão chegar, na hora da missa, na hora do enterro; especialmente nas mulheres, não confio nelas; o morto não fala, mas faz os vivos falarem; os vivos também falam pelos olhos, pela cara; repara bem nas pessoas, na reação delas quando o padre disser o nome do Juba, quando o caixão passar na frente delas; nosso dedo-duro, ela ou ele, está aqui; e vai se denunciar, te garanto.*

Desde o jogo do Flamengo com o Zeljeznicar, Domício vinha colaborando com Turquesa, que insistia naquele inquérito prévio, extraoficial, enquanto ia levando em banho-maria os procedimentos formais. A notícia que obteve com Ísis, por exemplo, de que Malaio deveria ter estado na reunião da Floresta no dia da chacina consolidou a nova teoria formulada pelo delegado. Malaio, parece, poderia estar envolvido num escândalo da época: o roubo de quarenta e cinco barras de ouro avaliadas em mais de trinta milhões de cruzeiros, ocorrido no aeroporto do Galeão, durante a escala de um voo da Panair, oriundo de Londres com destino a Buenos Aires.

Segundo o delegado, Malaio poderia ter sido usado como receptador, para revender ou esconder o ouro, com o compromisso de devolvê-lo à quadrilha quando cessassem as investigações. Como essas investigações tinham sido conduzidas pela Interpol, Turquesa não tinha acesso a muitos dados, não podia ter certeza de nada. Mas tinha intuição. Malaio era useiro e vezeiro nesse tipo de trapaça; e ficou muito rico, de repente; estava gastando, ostentando demais. Até escola de samba andou querendo financiar. Pode ter passado a perna nos ladrões, ou se apoderado de uma comissão superior à combinada. Embora fosse uma quadrilha "limpa", que praticava roubos mais sofisticados, sem uso de armas, não podia deixar aquilo tão barato assim. O atentado à rinha pode ter tido essa origem. Era, para Turquesa, ainda que muito nebulosa, a única explicação plausível.

E se fosse assim como pensava, era fundamental identificar o dedo-duro, a pessoa que deu a dica aos atiradores, a informação de que Malaio estaria lá, naquele dia, naquela hora, no galpão do largo da Arrelia. Porque é a partir desse caguete que se estende o fio até os bandidos.

É a vez, então, de Domício: *queria falar urgente contigo porque tenho uma coisa pra você...* E põe a mão no bolso. Nesse bolso, Turquesa ainda não sabia, tinha uma fita cassete. O delegado, todavia, mesmo bêbado, é mais rápido; e segura com firmeza o braço do detetive: *ficou maluco? não me passa nada agora, pode ter alguém olhando, vão te apagar se acharem que você descobriu alguma coisa!*

Mesmo dia, mesma hora, mesmo lugar

Chega, então, o padre Kuntz, sacerdote convocado pra rezar a missa de corpo presente. Zé Maria, contudo, ainda estava a caminho com o caixão. Ninguém sabia a razão de tanto atraso, ninguém sabia o que estava acontecendo. A administração do cemitério veio advertir a família, havia uma agenda, corpos a serem velados na mesma capela; temiam um engarrafamento de defuntos, se aquilo fosse demorar demais.

Domício, refeito do susto, começa a analisar as presenças. Já estão lá quase todos os sobreviventes da chacina: a Grega com o marido francês; Tãozinho e as cinco mulheres, Dalva, Diva, Dôra, Tude e Téta (essa última, apartada das demais); Jorge Cego e seus infinitos cigarros; Alicate, o único que envergava um terno preto; dona Bené, com um vestido laranja que escandalizou uns e outros; Edna Fina, que trouxe flores artificiais; e Ísis, a enigmática Ísis, que parecia evitar o grupo dos tiras. Chamaram a atenção as ausências de Betão da Mina (que alegou depois estar com uma pintura atrasada) e de Beléu. Especialmente a de Beléu, que soava como um pedido de desculpas à alma do Binha. Outros amigos do morro também foram: Bigu, Edna Grande, Peinha, Biro, Sóta, muita gente. Estavam ainda Dalmídio (por causa de Palmira); e toda a família Salgado (por causa de Litinha), além de Donda e Macula, que não chegaram a conviver com o morto, mas talvez quisessem (Domício pensa) prestar solidariedade a ele.

Todavia, apareceu de repente certa personagem, no mínimo, inverossímil: Malaio. Afronta? Alienação? Tentativa de parecer inocente? Ou involuntária demonstração de inocência? O fato é que Turquesa não parecia atribuir qualquer responsabilidade do crime ao agiota. Não cogitava a hipótese de Malaio ter tomado conhecimento prévio do ataque e simplesmente ter permitido que morressem em seu lugar.

Então, sobrevém um rebuliço: Zé Maria, esbaforido, atabalhoado, vem subindo à frente do carrinho que conduz o tão almejado esqueleto. Entram na capela, ajeitam a urna sobre a essa, tentam acomodar bem no fundo as coroas de flores, pra que mais gente possa assistir, do lado de dentro, à encomendação do corpo. É quando começa a discussão: Palmira não admite que se reze a missa com o caixão fechado. Era, como antecipei, um signo de mau agouro. Tobias, Núbia e Ifigênia intervêm, tentando explicar que a visão da ossada talvez constrangesse as pessoas. Zé Maria garante que arrumou tudo da melhor maneira. E Constança incentiva: *façam a vontade dela!*

Era grotesca a cena: os convidados passando pra dar pêsames à família, pra dar o último adeus àquela caveirinha lavada, escovada e lustrada. Domício repara que o crânio não tem perfuração nenhuma. E olha na direção de Turquesa. Soube, depois, que foi um pedido específico, e sigiloso, de Constança à funerária: camuflar o orifício da bala. Não queria que a mãe sofresse por causa daquele irrelevante detalhe. Foi aquilo, naturalmente, que atrasou o funeral.

Já do lado de fora, porque não aguentava o ambiente opressivo da capela, o detetive acompanha a missa; e continua observando os semblantes, as expressões corporais, as atitudes, de um modo geral, segundo o princípio de Turquesa. Então, percebe o primeiro sinal: Escóte olha, de um modo diferente, de um modo tenso, para um homem que Domício não conhece, e que está no bloco dos policiais. Esse homem, percebendo Escóte, devolve o olhar, também carregado de significações. Ficam ambos com o queixo encostado no peito, por alguns segundos, encarando um ao outro, como se não se tolerassem.

Tal incidente talvez não ganhasse tanta relevância para o detetive se, quase que no mesmo momento, um outro olhar não cruzasse com o do tira desconhecido que mirava Escóte: dessa vez, o de Ísis. Já não eram, contudo, duas pessoas que não se toleram, mas que têm constrangimentos mútuos — porque, quando se enxergam, não abaixam o queixo, e não ficam muito tempo se encarando.

E o tira desconhecido atrai definitivamente a atenção do detetive. Fazendo uma rápida inspeção visual, capta mais um olhar, percebe que uma terceira personagem mira o mesmo alvo: Edna Grande, exatamente do lado oposto ao grupo da polícia. Estava frente a frente com o policial desconhecido. Todavia, diferentemente do que ocorreu com Escóte e Ísis, o tal policial não retribui o olhar de Edna. Como se a mulher não significasse nada para ele.

E o detetive tem uma súbita iluminação.

O esquadrão

De sexta-feira, 13 de março de 1964, a
segunda-feira, 9 de maio de 1966

Já havia muita coisa no ar, àquela altura, naquela sexta-feira 13.
Coisas que vinham sendo gestadas há algum tempo e que estavam prontas pra desabar sobre os destinos.
Nesse dia, Zanja e Ifigênia tinham ido juntas à praça Saenz Peña para fazer compras na Sloper; e passar depois na Sears, na Mesbla, nas Casas Pernambucanas e na Ducal, onde Zanja queria ver gravatas mais modernas para o pescoço do Juba. Ficaram amigas, as duas cunhadas. Conversavam sobre muitos assuntos, especialmente sobre homens. Ifigênia tinha curiosidade de saber como era a vida de casada. Tinha medo de Carula ser sério, respeitador, e de não poder fazer todas as coisas de que tinha vontade, umas coisinhas obscenas, inocentes perversões. Zanja ficava tímida, no início, porque se tratava do irmão da outra; mas, com a insistência dela, foi aos poucos se soltando, contando intimidades. Juba, com ela, não tinha nada de respeitador. E acabavam rindo, excitadíssimas, com as histórias de uma, com as fantasias da outra.

Compras feitas, encomendas acertadas, as duas vão de táxi ao encontro de Carula, que dava aulas no Colégio Batista; e voltam para o Grajaú. Na Borda do Mato, não há ninguém, aparentemente. Palmira e Litinha tinham saído. Tobias devia ainda estar no fórum. Mas era sexta, dia da arrumadeira. Enquanto Carula fica na sala de jantar, admirando as estantes do futuro sogro, as duas vão até a cozinha; não há sinal da moça. Ifigênia deduz que ela estava no andar de cima. Acha estranho a mãe deixar a casa sozinha com uma pessoa que trabalhava ali há menos de dois meses; e decide subir.

Zanja fica embaixo, arruma o penteado no espelho da parede em frente à escada. Vai de novo até a cozinha, bebe um copo de água. Volta para o pé da escada, já achando anormal aquele silêncio todo. É quando escuta, distante, abafado, uma espécie de gemido. Uma espécie de gemido bem particular. E também decide subir.

Ainda da escada, vê: Ifigênia, no corredor, espreitando da porta do seu próprio quarto algo que acontece dentro. E não é uma expressão de espanto, a que ela tem no rosto. Pelo contrário, é uma expressão de êxtase — aquele mesmo êxtase que ela, Zanja, viu estampado na cara de Ifigênia quando falavam sobre homens; quando ela, Zanja, contava as libidinagens que fazia com o irmão dela.

Ifigênia está tão absorta na cena que não pressente a aproximação da outra. Zanja chega devagar, pé ante pé, por trás dela, e olha, por cima dos ombros da cunhada, na mesma direção. E pode, assim, plenamente, admirar o mesmo espetáculo: Juba — segurando com uma das mãos as duas pontas do que parece ser uma fronha de travesseiro retorcida; fronha essa que passa pela boca da arrumadeira como se fosse o freio de uma égua; arrumadeira essa que está debruçada sobre a cômoda, de bunda empinada e saia levantada até a cintura; cintura essa que ele segura e puxa com a outra mão — vai, Juba, dando firmes, rápidas e sucessivas estocadas nessa moça, que está com a fronha na boca como se fosse o freio de uma égua. Era compreensível que os gemidos soassem abafados e distantes.

Zanja, então, dá um grito da porta, chama a mulher de vagabunda, chama Juba de canalha e se volta, então, contra a cunhada. *E você?! Está gostando de ver isso?! Dentro do seu próprio quarto?!* Reparem que usei o verbo "estar" no presente do indicativo. É o aspecto mais impressionante, ou lendário, desse passo: porque Juba não parou quando ouviu Zanja gritar. Faltava muito pouco, estava quase no ápice, não quis interromper. Ela já tinha visto. Não ia adiantar de nada.

E o escândalo continua. Carula, ouvindo os gritos, quase é derrubado pela arrumadeira, que desce as escadas correndo, ajeitando a saia. *Ela estava se deliciando, assistindo quietinha a bandalheira do irmão!*, é o que Zanja berra, se dirigindo ao noivo e apontando Ifigênia. Juba, então, se irrita. *Agora cala a boca!* Mas Zanja não obedece, não quer saber, ameaça contar pros pais, pros sogros, pras outras cunhadas, pro Grajaú inteiro. E faz menção de sair dali. Juba, que pretendia acalmar a mulher, antes de enfrentar a situação, segura Zanja pelo braço. Ela luta contra ele, faz uma enorme força para se desvencilhar, num movimento que inclina o corpo na direção da escada. E Juba, de repente, larga o braço.

Não sei se vocês conhecem o princípio do arco e flecha. O efeito é mais ou menos parecido: como Zanja fazia força para ir adiante, Juba fazia força igual e contrária para mantê-la no lugar. Todavia, quando ele solta o braço, ela dispara como uma flecha. E tropeça no pé de Carula, que teve o impulso de tentar contê-la. Zanja, então, projeta o próprio corpo por cima do corrimão, tombando lá embaixo. Na queda, fratura a coluna, além de outras contusões.

No hospital, quando ela acorda, quando conhece o destino, quando sabe que nunca mais poderá fazer compras na praça Saenz Peña como fez naquele dia, tem menos pavor de continuar com Antenor que de voltar pra casa dos pais. E decide se calar. Inventam, os quatro, uma versão plausível. E ela perdoa Juba, perdoa Carula; perdoa Ifigênia. Acaba imaginando que foi tudo culpa dela mesma. E, naturalmente, da arrumadeira. Eram aquelas vagabundas que atiçavam o marido. E ele, especialmente, era muito fraco pra aquele tipo de tentação.

Não se trata de Sófocles, nem de Shakespeare, nem mesmo de Nelson Rodrigues: o resto da história é meio trivial. Litinha se transfere da Borda do Mato para a Mearim e passa a cuidar de Zanja. No ano seguinte, Ifigênia se casa com Carula; e vão morar também ali pertinho, na rua Bambuí.

Mas havia ainda muita coisa no ar. Coisas que vinham sendo gestadas há algum tempo e que estavam prontas pra desabar sobre os destinos. E não demoram muito a desabar sobre Carula. Certo domingo, quando chega em casa vindo de Macaé, compreende tudo. No dia seguinte arruma as malas; e sai de casa.

Naquela mesma semana, ocorre a chacina no galpão do Malaio.

De outubro de 1964 a abril de 1966

Não demorou muito pro governo da Guanabara decidir acabar com a Turma do Pato. Adotaram uma medida simples: transferir os detetives da Invernada de Olaria, que constituíam o núcleo forte do grupo, para outras repartições, para ao menos dificultar as articulações da Turma. Foi agindo aos poucos, sem alarde. Os policiais perceberam a manobra, mas não havia muito o que fazer.

Nesse processo, Pato Rouco foi transferido para a 20ª DP, em Vila Isabel. Não dava pra dizer que era um castigo. Na 20, conhece Turquesa, então um jovem detetive. Tinha sido lotado ali, Turquesa, por influência política do pai, que já havia ocupado cargos no alto poder executivo e era deputado estadual. Essa mesma influência foi responsável por sua nomeação como delegado, do mesmo distrito, com apenas trinta e sete anos, cargo que ocupa desde o princípio do romance.

Pato Rouco e Turquesa estabeleceram boas relações. Pato apresentou Turquesa a um dos bordéis do Malaio, na zona do Mangue, onde todo polícia tinha direito a uma garota por conta da casa. Turquesa leva em seguida Escóte e Juba. E eles passam a frequentar esse bordel, de vez em quando. Foi através de Juba, aliás, que Malaio conhece Júnia. Foi por sugestão do Juba que Malaio decide bancar o ressurgimento da Floresta. E foi Juba que interveio, pra apoiar Ísis, quando Malaio se opôs, inicialmente, a que ela deixasse o bordel e fosse morar no Andaraí.

Se Juba conquista a admiração do agiota, Escóte cria vínculos com Pato Rouco. Passa a escutar as histórias do Pato, passa a admirar as aventuras do Pato, passa até a acreditar no relato do Pato sobre a morte do ídolo Perpétuo de Flandres. O antigo detetive da Invernada dizia que Perpétuo estava protegendo Cara de Cavalo, que estava traindo toda a sua classe; e que, na discussão, quando se encontram no Esqueleto, Perpétuo saca a arma: Elegante tinha agido em legítima defesa. Mas Pato Rouco também não alivia: era mentira a versão do tiro pro alto, Elegante atirou pra matar. E foram ficando camaradas.

Chegamos, assim, no primeiro dia de maio de 66. Estão no Mangue, no bordel do Malaio, vários tiras, além do nosso trio. Parece que comemoravam algum aniversário. Malaio oferece garotas. Não tinha mesmo tino pros negócios, entregava de graça mais do que podia. E os polícias aproveitam. Bebem, beliscam, contam casos, dão gargalhadas, levam as meninas pros cubículos. E voltam; e recomeçam tudo de novo. Era uma festa.

Num dado momento, Juba nota um pequeno tumulto no lado oposto do salão; e reconhece Ísis. Vai logo verificar o que acontece: outros clientes, que não eram policiais, tinham hostilizado a porta-estandarte da Floresta, ela reage, há um breve bate-boca, Juba chega, puxa a arma, tudo se acalma.

E Juba volta pra sua roda. Não tem noção de quanto tempo passa. Quando se dá conta, o salão está quase vazio. Escóte não estava, Turquesa não estava, nem mesmo Malaio estava. Juba, bastante bêbado, resolve ir de quartinho em quartinho procurar os amigos, os irmãos de sangue. Não tinha condição de voltar pra casa sozinho. E vai, pelos corredores, abrindo as portas — até se deparar com uma cena impensável: num dos cubículos, surpreende, nus, Ísis e Pato Rouco. E Juba cai na gargalhada. Chega a dobrar o corpo, de tanto rir. A adrenalina da risada deve ter eliminado boa parte da cachaça. Ele retorna ao salão. Lá, revê Escóte. Turquesa já tinha ido embora. Malaio estava no escritório, ansioso pra fechar a casa.

Pato Rouco volta às pressas. Ainda tem tempo de se aproximar do Juba, e dizer no pé da orelha: *coisa de bêbado, caralho, fica de bico fechado, não vai me sacanear na frente dos outros!* Não era uma ordem, não era uma ameaça. Era só um pedido de clemência. Juba, no entanto, não resiste. E ri outra vez.

Entre sábado, 26 de janeiro, e
domingo, 3 de fevereiro de 1974

Edna Grande viu os carros.

Todos os depoimentos que deu, todos os testemunhos em que negou ter visto algum carro, não significam nada diante da evidência. Talvez não tenham exigido mais dela, não a tenham apertado mais, daquela forma que os tiras sabem apertar, porque carros arrancando em velocidade nem sempre permitem às pessoas o reflexo de anotar as placas. Ou por motivos outros.

Mas Edna Grande viu os carros. Pode não ter identificado os carros, o que é outra coisa, considerando inclusive que era uma noite escura. Mas viu — certamente viu — uma coisa muito mais importante: viu um rosto que embarcou num dos carros.

Foi a conclusão de Domício, no dia do enterro, quando nota uma sutil disparidade: Escóte e Ísis olham pro policial desconhecido; e o policial desconhecido olha pra Ísis e Escóte. Edna Grande olha pro policial desconhecido; mas o policial desconhecido não olha pra Edna Grande. Ela se lembrava do Pato Rouco; Pato Rouco não se lembrava dela. Foi só um jogo de olhares. Mas, como disse Turquesa, se os mortos calam, os vivos falam pelos olhos.

Explico logo: no sábado, dia 26, no fim de semana anterior ao do enterro, Domício sobe a rua Leopoldo, atravessa a Mina, a Jaqueira, chega no antigo cruzeiro, de onde vislumbra, integralmente o largo da Arrelia. Observa bem, daquele ponto, a visão que teria um espectador no dia da chacina. Pouco mais acima, fica a casa da Bigu, a enfermeira, ou auxiliar de enfermagem, que foi a primeira a socorrer as vítimas.

Recordemos os fatos, ou a versão oficial dos fatos: Edna Grande, cada vez mais imensa em sua coragem, foi a única pessoa a sair de casa quando ouviu os disparos. E foi gritando, chamando as pessoas, até parar na frente da casa da Bigu. Para fazer esse percurso, teria que descer de um ponto mais acima; e, considerando que a escadinha era estreita e cheia de curvas, deve ter levado pelo menos dois minutos — que não é muito mais do que se estima ter sido a duração do tiroteio.

Ora, quando Edna Grande chama Bigu, é o momento em que os bandidos entram na rinha, ordenam que todos fiquem de cara colada no chão, e voltam (com Juba) até os carros. Se esse movimento levou três minutos, ainda que Edna Grande tenha demorado mais que dois, estava ela, Edna Grande, numa posição em que seria impossível não ter visto os atiradores saindo do galpão e entrando nos automóveis.

É verdade que era noite, não havia lua, não havia nenhum planeta visível acima do horizonte. Mas Domício repara num poste, bem à esquerda, que poderia ter iluminado ao menos uma parte da cena. O poste era o elo entre o lugar da chacina e a evidência de ter Edna Grande reconhecido um rosto no enterro: o rosto do Pato Rouco, que não sabia quem era ela, porque não prestou atenção em nada, na pressa da fuga. Domício nunca soube se sua teoria estava certa.

Penso, por exemplo, no teorema de Fermat, ou na conjetura de Goldbach, que nunca foram provados — ou qùe, mesmo antes de serem provados (caso duvidoso em relação ao de Fermat), sempre se soube serem verdadeiros, porque há certezas que transcendem a mecânica trivial da prova, aquela sucessão insuportável de equações.

E Edna Grande viu o rosto do Pato. Reconheceu o Pato. Nunca esqueceria a cara do Pato, mesmo oito anos depois. Para o Pato, todavia, aquela foi só mais uma dentre muitas. Dentre as muitas que ele esculachou, nas ruas, nas delegacias, na zona do Mangue. Porque, na época da chacina, quando Edna Grande foi chamada a prestar testemunho na 20ª, foi interrogada por aquele homem, aquele canalha, o detetive Pato Rouco. E Pato Rouco deu na cara dela, puxou o cabelo dela, ameaçou currá-la junto com vários outros tiras — mas Edna Grande, que não era Grande apenas no tamanho, disse que não viu nada. Se dissesse que tinha visto justamente a cara daquele Pato Rouco, na luz do poste do largo da Arrelia, não sairia viva daquele distrito.

Por sorte, era mulher. Tinha de frente dona Maria Quitéria. Disse que não viu nada. Nunca mudou sua versão.

A figueira

Antes de 1502

Antes da inauguração das fábricas de tecido e da construção das vilas operárias; antes da airosa época das chácaras e das sinhazinhas passeando de charrete; antes do incêndio que devastou o assombrado Engenho Velho; e antes mesmo da expulsão dos jesuítas, do martírio do padre Aires e da captura de Lourenço Cão — o Andaraí já existia.

Diversamente da maioria dos topônimos cariocas de origem tupi, o étimo da palavra "Andaraí" está bem assentado entre os especialistas. Andaraí deriva de "andyrá-y" e significa "rio do morcego" ou "dos morcegos". A aparente ambiguidade entre singular e plural não constitui, como se poderia supor, um problema linguístico: no pensamento tupi, a noção de quantidade é irrelevante.

Mas — por onde corre esse desconhecido rio do Morcego? Respondo: é o curso d'água que desce pela vertente do morro do Andaraí e engrossa com as caudais oriundas da pedra do Elefante, no Grajaú, para formar o rio Joana, que flui pela rua Maxwell, a céu aberto, dividindo a pista em duas mãos, até desaguar no fabuloso Maracanã.

Mas (outra pergunta) — por que rio dos Morcegos? É agora que entra a fábula.

Muito antes da aparição das caravelas, no tempo dos guerreiros intrépidos que desejavam a morte mas evitavam morrer, havia, nas imediações desse rio hoje dito Joana, numa área que abrange os atuais bairros do Grajaú, Vila Isabel, Maracanã, Aldeia Campista, praça da Bandeira, o próprio Andaraí e pedaços da Tijuca, uma taba de seis casas grandes, cercada por uma dupla caiçara, com seteiras, feita com troncos grossos de árvores altivas.

Homens insignes, bravíssimas mulheres formavam uma sociedade altamente evoluída: andavam nus, dormiam em redes, comiam carne humana, consumiam volumes enormes de bebidas fermentadas e se enfeitavam com exuberantes plumagens dos mais belos pássaros.

Só não compunham música: tudo o que cantavam era recebido em sonho. E foi o que se deu, certo dia, quando uma bela mocinha, na idade de casar, durante o banho no rio, ao lado de outras mulheres da aldeia, lembra de uma canção sonhada naquela noite:

mbói ekuãi ymé ekuãi ymé mbói
ndekuatia'pora suí ta xerendyra oimonhángi
mboýraysó aangábamo seterámamo bé
t'aimeeng xekunhãýba supé ne
aujeramanhé opab mbóia sosé
ipysyrõpyramo ndeporanga nderaanga ndi t'oikó ne

Tinha sonhado com a irmã de um rapaz, que sonhou por sua vez com esse rapaz, seu irmão; e que esse irmão tinha visto uma cobra e ficado fascinado pela sua pintura; e queria dar a sua prometida um colar que imitasse a pintura da cobra. Esse era o tema da cantiga.

Naquele mesmo dia, a moça que tinha sonhado fica sabendo ter sido prometida a um rapaz que nunca tinha errado um tiro. E o rapaz, talvez por força do canto, também no mesmo dia, ganha de um tio um prisioneiro — um *puamagüera*, um *temiauçuba*, um *ijucá-pyrama* — para que pudesse conquistar um nome. O azar, no entanto, se imiscui em tudo.

Impressionava, nesse *ijucá-pyrama*, a força; e por isso a façanha do tio, quem primeiro o tinha derrubado no campo de batalha, foi comentada e enaltecida até nas tabas próximas do mar. Fez questão, o captor, de doar a presa àquele seu sobrinho, que já tinha uma prometida, a moça que cantava a canção da cobra. É necessário, contudo, considerar o azar.

No dia da festa, quando o moço se defrontou, cara a cara, com o prisioneiro, viu nos olhos dele uma ferocidade incomum. Era a hora extrema: o *ijucá-pyrama*, todo pintado de preto, coberto de penas vermelhas, o rosto salpicado de cascas de ovos verdes de inambu, com a muçurana fortemente amarrada na cintura e segura por dois homens em cada ponta, devolveu o olhar do moço, contraiu os músculos da face com uma ira insolente e debochada, e disse, numa voz abissal: *xe anama nde ruba, nde rykeýra, nde raýra ojucá, oú nè!*

Em seguida rilha os dentes, bate com os punhos contra os músculos dos próprios braços e canta:

kó ybynha kó toó
kó tajyka pe mbaé
angaingaibot poreausubĩ wé
nda peikuwabi pè
pe tuibaepawama
asykuera reté
ikopuku kobé
pesaangatu aé peiandub
pe roó ré

Então, nesse momento, o rapaz, que não errava tiro, tremeu. Foi um sinal de fraqueza, um signo da presença do azar.

A pesada ibirapema oscilou, imperceptivelmente, em suas mãos. Ele deu um, dois, três golpes, na tentativa de derrubar o oponente. Mas — coisa incrível — o prisioneiro conseguia se esquivar, mesmo contido pelos quatro varões, que eram arrastados por aquela força desmedida.

Foi só na quarta investida que o moço o acertou, na altura das pernas, e fez o inimigo tombar. Rodeou, então, o alvo caído, ainda ofegante, se postou às suas costas e esperou que se levantasse, para poder vibrar, na base da nuca, a pancada final.

Há coisas, porém, que não se explicam racionalmente: o prisioneiro foi se erguendo devagar, parecendo calcular o instante exato em que o algoz daria o golpe. E precisamente quando a clava desce na direção do crânio, ele gira o tronco, violentamente, o máximo que pode, dando um inconcebível salto para trás.

A ibirapema estoura contra a cabeça da vítima; mas, devido ao impulso, quando os homens largam as pontas da corda, o corpo cai — de costas!

Sombrio silêncio se abateu sobre todos. Era o azar que se insinuava, que anunciava sua iminência. Dessa vez, no entanto, abertamente, porque todos testemunharam o desastre. Mas logo as mulheres avançam sobre o corpo, a alegria volta, a vítima é retalhada e moqueada, o cauim corre, tudo acontece como sempre acontecia. E o rapaz — agora homem, matador — adquire seu nome; e se casa com a moça da canção; e vai vivendo, como é comum.

Não teve o carinho da mulher, contudo — porque nunca deu a ela o colar que imitava a pintura da cobra. Nem era muito estimado pelos parentes, porque passou a errar tiro, de vez em quando. Havia nele um germe, um princípio do estado patológico denominado panema. Ou seja: quando as coisas nunca dão certo; quando o indivíduo fracassa naquilo que tenta. Porque a sorte é um aspecto da saúde; é um atributo físico que se pode medir e ponderar, como a pressão arterial ou os batimentos cardíacos.

A panema do moço, então, cresceu. E se manifestou: ele começa a errar caça, sucessivamente; a ficar cansado; a ter pouca vontade. Faz duas tentativas de tratar a doença, mas os pajés não têm sucesso. A vida em torno dele, no entanto, fervilha.

E certo dia, quando ele parecia ensimesmado, sozinho num canto fazendo flechas novas, a mulher sai, como quem se dirige à casa do irmão, e logo toma o caminho do mato. Ele dissimula, finge não ter percebido. E pouco depois começa a seguir o rastro dela. Como tinha imaginado, como já desconfiava, vai encontrá-la atrás de umas touceiras, se divertindo debaixo de outro homem. Tem o ímpeto de reagir, de arrancá-la dali e espancá-la. Mas acaba tremendo, mais uma vez.

A raiva, no entanto, não se aplaca. E ele volta à taba, atravessa a ocara com passos firmes, decididos, e entra em casa. Estão ali alguns parentes da mulher. Não se dirige a ninguém, não cumprimenta, não diz nada. E começa a estilhaçar pratos e panelas que eram dela.

Um dos cunhados intervém, indignado. A questão não é o motivo, porque o motivo é sabido, ou intuído, há algum tempo. O que o cunhado não aceita é que um panema como aquele queira ter a pretensão de virar bicho.

Então, de repente, no meio da discussão, o cunhado acerta um tapa no panema. É quando uma tia materna do ofendido, desonrada com a passividade do sobrinho, salta sobre o agressor e lhe trinca as mandíbulas no rosto. A mordida é tão forte, tão feroz, que quase arranca um naco da bochecha. E quando, enfim, conseguem desprendê-la do oponente, ela esturra; e lambe os beiços, untados de vermelho.

É a tia, portanto, e não o panema, quem vira bicho, quem ultrapassa a fronteira interdita. O sangue derramado cria um estigma fatal. A cisão se torna irreversível. As parentelas se apartam, solenes, num signo de guerra.

É a mulher do panema, a moça da canção da cobra, quem — naquela mesma noite — conduz sua linhagem, quem vai na frente e sobe o rio, até a floresta, no alto da serra. Passam a ser chamados, de um modo pejorativo, de "gente do Morcego", de povo Andyrá; e o rio que subiram, de *andyra-ý*. Os que ficam, por sua vez, são agora, também pejorativamente, os Karajaúna, ou seja, os "guaribas" ou "bugios-pretos", denominação reconhecível tanto no topônimo "Grajaú" quanto no morro dito "dos Macacos", hoje em Vila Isabel.

Se não se sabe exatamente por que "bugio-preto", a razão de "morcego" se deduz das próprias lendas. Dizem que os Andyrá — povo da moça da canção — se tornaram selvagens, que não faziam casas, não usavam pratos, não dormiam em redes, não se embriagavam. Aboliram o incesto e o casamento arranjado. Em vez de sonharem, preferiam entrar no sonho dos outros. Matavam inimigos, naturalmente, porque quem vive mata. Todavia, em vez de moquear e comer a carne deles, só devoravam as sombras — cruas! Porque também tinham perdido o conhecimento do fogo.

Nunca mais foram vistos. Sua presença na floresta foi atestada apenas pelas pinturas memoráveis feitas em cavernas e paredes de rocha, cuja beleza chega a ser insuportável para os olhos.

Toda guerra aberta que moviam era noturna: atacavam enquanto os grajaús dormiam, provocando pesadelos letais. Durante o dia, faziam tocaias no mato e apareciam de súbito, disfarçados de pacas, cutias, preguiças, inambus, maracajás, gaviões — matando os inimigos com o próprio susto. Em forma de lagartos, sapos ou jiboias, violentavam mulheres na beira do rio; ou raptavam seus bebês.

A mortandade foi tão alta, tão tremenda, que os grajaús acabaram abandonando para sempre aquela zona. Taperas, capoeiras, tudo virou mata outra vez. E na serra — a serra do rio dos Morcegos — nunca mais andou gente, em forma humana.

Último ciclo

O bicho

De 20 de janeiro a 6 de fevereiro de 1974

Não sei se vocês sabem que "Zé Maria" é um dos eufemismos empregados para se referir à Morte. Essa é a origem do apelido do papa-defunto Aristides Costa, que também era aparelho de seu Zé Pelintra. Mas o Pelintra do Zé Maria atuava pouco na linha da malandragem, preferindo a da Jurema-Preta — a *Mimosa hostilis*, no dizer dos botânicos. Era, como se percebe, uma entidade poderosa, mestiço de malandro e caboclo. Era tanto poder que esse Zé Pelintra juremeiro tinha sido até então o único catiço a romper a barreira astral e baixar no terreiro da mãe Téta, desde que as pomba-giras começaram a vetar a presença de espíritos masculinos.

Desde o festival de chope, quando escutou a conversa entre Sóta e Macula, e depois na terça seguinte, quando encontra casualmente Domício e Donda no Caju, Zé Maria desenvolve a teoria muito tradicional, que muito combinava com a sua natureza, de que o bicho que dava na Federal das quartas-feiras era o mesmo do túmulo do defunto que aparecia nos sonhos ou demonstrava, por outros indícios, ter voltado para visitar parentes e amigos. Por uma razão que não sabia explicar, todos esses espíritos tinham alguma relação com a escola de samba Floresta do Andaraí.

Decide, assim, fazer um levantamento de todos os mortos da chacina e conferir os respectivos números das covas. E Zé

Maria percorre diversas necrópoles da cidade: Caju, Catumbi, Inhaúma, Irajá, até o longínquo cemitério das Piabas, nos confins da Grota Funda, em Vargem Grande, onde enterraram o Caruara. Enquanto isso, pede a Sóta que reúna os resultados do bicho, desde 12 de dezembro do ano anterior, quando Bigu sonhou com Gúia e latas de arroz, feijão e açúcar amanheceram reviradas na casa do eletricista.

A conclusão foi avassaladora: no dia 12 deu Cabra, com 8521, mesma milhar da cova rasa do Gúia, em Irajá. O espectro do Peixe Frito é visto na porta da Colombo, e dá Pavão, mesmo bicho da sua sepultura. E se seguem as coincidências: em 26 de dezembro, não teve Federal, mas teve Paratodos, e dá Cobra, quando ocorre o caso da netinha do Mamão; em 2 de janeiro, Bujão e Galo; dia 16, Neneca e Vaca; e, por fim, dia 23, Binha e Porco.

O único problema dessa esplêndida série é o bicho do dia 9 de janeiro, quando vinham sonhando com Júnia e Domício ganha duas vezes no Tigre. Nem Zé Maria, nem Sóta, nem Macula sabiam em que cemitério tinha sido enterrada a amante do Malaio. Não iriam perguntar ao contraventor. A família dela não morava no morro, eram gente fina do Méier. Não dava pra saber, não dava pra ter certeza.

Todavia, nesse dia 9 foi quando acharam a ossada, identificada depois como do Juba, outra vítima ligada à chacina. E Domício teve o palpite certo, porque (Macula explica aos outros) o livro daquele dia fez o detetive se lembrar do samba da Floresta que Juba fez sozinho: "Cativeiro de Hans Staden", que tinha um índio que dizia ser onça. O problema é que Juba, até então, não tinha um túmulo. Por conseguinte, não tinha um bicho.

Macula, sempre ansioso, porque pressentia sua iminente demissão e precisava dar o grande golpe, levanta uma hipótese sombria: *e se esses mortos que faltam já tiverem dado antes do dia 12, e ninguém ficou sabendo?* Era uma possibilidade simples de verificar, bastava Sóta recuperar os outros resultados de 73.

No dia seguinte o trio se encontra de novo; e faz a conferência: o bicho do Caroço, Leão, deu na Federal de 5 de dezembro; o do Graxaim, Elefante, na semana anterior, dia 28 de novembro; e o do Caruara, Macaco, no dia 21 — todos eles sempre às quartas-feiras. Era possível, e provável, que os sinais tenham estado à vista sem que ninguém percebesse.

Era uma péssima notícia; era uma notícia desesperadora — porque agora só restava um morto da lista: Sanhaço, enterrado numa cova com outra milhar da Vaca, no Catumbi.

Não havia, no entanto, alternativa a não ser investir na Vaca do Sanhaço. Macula, na terça 29, encontra Ísis e pergunta pelo finado mestre-sala, se vinha sonhando com ele, coisa e tal; e ela diz que não, mas que por coincidência, dias atrás, tinha achado um recorte de revista com uma fotografia antiga deles dois, na passarela, tirada durante um desfile da Floresta.

E os três acertam, no dia 30, no Sanhaço, quero dizer, na Vaca. Mas ganham pouco, não chegam a quebrar a banca, eram apenas três trabalhadores, não tinham muito dinheiro pra apostar. A ideia de Sóta, de pegar um empréstimo com o próprio Ali Babá para tentarem a sorte grande na banca do Malaio, não surtiu efeito. O apontador pretendia inclusive se valorizar aos olhos do patrão, era um plano não só pra enriquecerem, mas também pra darem prejuízos sucessivos ao oponente. Mas Elias Jorge Elias era, ao que parece, meio materialista, não acreditou na história. Trata Sóta até com certo desprezo, como se o apontador estivesse metendo a mão numa cumbuca que não era dele.

E os três têm que apostar com os próprios recursos. E o mundo cai pra Macula: na quinta, é chamado no departamento de pessoal pra assinar a rescisão. Mandam que ele passe na segunda, pra pegar o cheque do salário e do aviso prévio.

Todavia, se há uma personagem masculina que mereça um final feliz nesse romance — tal personagem é Macula. Era jogador, no sentido absoluto da palavra. Não sei por que me sinto ainda tão ligado a ele. Não sei se me interpreto, quando interpreto Macula: podia estar sem emprego, sem perspectiva, mas acredita na sorte. Enquanto Sóta e Zé Maria esmorecem, Macula não desiste. Continua as sondagens pelo morro, pergunta, insinua, sugere. Quer saber se algum outro morto voltou. Se foi sonhado. Se revirou a casa durante a noite. Se provocou alguma alteração na rotina dos vivos. Pouco importava se tinha sido um antigo componente da Floresta. O caso do Juba era um furo na teoria do papa-defunto. Importante era que fosse gente do Andaraí.

E, no sábado, passando pelo Jamelão, Macula tem uma resposta parcial. Algo, fora dele, aponta seu olhar para a verdade. No domingo, vai ao cemitério do Catumbi acompanhar o enterro do Juba. E toma, durante a cerimônia, a sua decisão. Na segunda, pega o cheque com o salário e o aviso. Pede que o caixa da firma troque aquele cheque único, de 1248 cruzeiros, por dois, de 624 cada um. O homem reclama, vai na direção perguntar, e acaba atendendo o insólito pedido. Macula deposita um dos cheques (porque a sorte não tolera abuso nem bravata); e, na quarta-feira, aposta o outro, no ponto do Rodo. Aposta integralmente o cheque de 624 cruzeiros numa milhar do Gato — no duro, sem cercar nem inverter. E a milhar jogada, 0554, dá inteira na cabeça. Macula fatura quatro mil vezes o valor da aposta, prêmio devido a quem acerta a milhar. Fatura nada menos que 2 496 000 cruzeiros, preço de uma cobertura em Ipanema.

E quebra a banca do Malaio — que diz não ter como honrar a pule. Tinha tentado descarregar aquela aposta com outros bicheiros, que não aceitaram a operação. Aliás, já não vinham aceitando o descarrego dele há tempos, por injunção do

Ali Babá. E Ali Babá fica sabendo do caso. Ali Babá, com apoio de outros banqueiros importantes, ameaça Malaio. Ninguém tinha o direito de não pagar uma pule premiada, de não fazer valer o escrito, de desonrar a história do jogo do bicho, a mais honesta das instituições brasileiras. E é Ali Babá quem assume o pagamento; e toma, em contrapartida, os pontos do rival. Toma dele, também, alguns imóveis, vilas inteiras de casas, em Coelho Neto, Honório Gurgel, Barros Filho.

Malaio fica ainda com uma enorme dívida a saldar. Estava quase falido. Estava muito próximo do fim. Não devia ter ficado com ouro nenhum.

A biblioteca

Sexta-feira, 25 de janeiro de 1974

Era, então, o Ali Babá.

Se Domício tinha ainda curiosidade de saber quem era e onde morava a Avestruz Vermelha, se ainda tinha vontade de comer a Avestruz Vermelha — desiste imediatamente quando escuta a informação do Cajá. Não ia se meter naquela roubada. Já devia ter renunciado àquela fantasia depois da aventura de Quintino; mas uma ameaça anônima não tem a mesma força. Agora era diferente: era Ali Babá.

E começa a tomar as providências do dia, liga pra um boteco da rua dos Araújos e deixa recado pro Suena, o seu camarada, que era cabista da companhia telefônica. Suena era quem tinha uns contatos lá dentro e conseguia grampear as linhas na própria central, sem precisar correr o risco de instalar escutas em postes ou nas caixas de saída das residências. O problema é que era um serviço muito caro, poucos clientes aceitavam reembolsar esse custo.

Faz mais duas ou três ligações e mergulha, ansioso, no volume emprestado pelo padrinho: *Um nome para matar*. Estava deslumbrado com o romance. Nunca tinha lido nada daquela autora. Talvez por ser uma mulher, talvez porque as mulheres soubessem mais sobre sexo do que os homens imaginam, percebe nas personagens femininas uma verdade maior. Duas delas, aliás, chamavam muita atenção. A primeira, Corina, a grande mártir, raptada e forçada a se casar com Oceano, um fazendeiro do interior fluminense, homem violento, que suspeita dela apenas por ser descontraída e espontânea, e manda matar os hipotéticos amantes. A cena da noite de núpcias, quando Oceano, absurdamente, já tem a convicção de ser traído por Corina, é simplesmente extraordinária: metendo de quatro na mulher, ordena que Corina lhe dê o nome de um amante — um nome para matar.

Era, num certo sentido, o que vinha fazendo Ali Babá com a Avestruz Vermelha. O bicheiro não parecia incomodado com o exibicionismo, com os espetáculos de nudez pública oferecidos por dona Maninha: pelo contrário, devia adorar aquelas cenas, os flagrantes que ele captava com a câmera. Mas não era só isso: Ali Babá queria porque queria que ele, Domício, descobrisse um amante, flagrasse a mulher entrando num hotel ou na casa de alguém. Estranha forma de atração, aquela: tanto Oceano quanto Ali Babá pareciam seduzidos, fascinados pela possibilidade de suas mulheres serem "Mulheres Antropológicas", como o detetive definia.

Esse conceito — que não é sinônimo de "adúltera" ou "devassa" — era aplicável a outra figura eminente do romance: dona Paula, a mãe de Oceano. Também raptada, também forçada a se casar, se apaixona pelo marido, o capitão Heleno. E, mesmo viúva, mesmo quando se casa pela segunda vez, mantém o luto, guarda a memória do primeiro homem, conservando a cabeceira vazia em sua homenagem. Não era uma questão de amor, no sentido moral; mas de volúpia, do desejo carnal. O capitão Heleno tinha morrido no Rio de Janeiro, no Mangue, em cima de uma prostituta. Era um garanhão, como diziam. Era esse traço que a seduzia. E isso fica implícito na narrativa quando ela, insatisfeita, começa a trepar com os empregados da fazenda. E vem a cena inesquecível, quando os filhos a cercam, tentando impedi-la de ir ao terreiro se encontrar com um dos amantes. Dona Paula, então, puxa um revólver de cabo de madrepérola e ameaça queimar aquele que ficasse no caminho.

Era dona Paula a imagem mais perfeita, a mais bem acabada materialização, ainda que ficcional, da Mulher Antropológica. E Domício não pôde deixar de compará-la às pálidas protagonistas de *Ana Karênina*, *Madame Bovary* e *O primo Basílio* — mulheres que terminam sucumbindo à moral; se arrependem; e morrem, ou se matam. Tudo muito conveniente, na verdade, para os fracos.

Na onda do nacionalismo daqueles tempos, o detetive não deixa de se orgulhar da literatura brasileira, particularmente daquela autora brasileira, melhor que Eça, melhor que Flaubert, melhor que Tolstói. E não viesse Tobias depois dizer que a comparação era incabível, que aquelas três eram caracteres do século XIX! Não: o mundo de dona Paula era pior, porque o interior do Brasil ainda se arrastava pela época feudal.

Estava nessas reflexões quando a campainha toca. Na calçada, o impacto: a Belina vermelha! No portão do prédio, em pé, pronto pra apertar novamente o botão, o motorista — que então se volta para abrir a porta da perua (me refiro ao carro) para a madame Maninha, a mulher do Ali Babá.

E volto logo à cena: dona Maninha sai do carro, faz um cumprimento discreto, pede licença para entrar; e entra, antes que o detetive esboce reação.

A cruzada de pernas da madame, no sofá, reacende nele toda a fantasia reprimida, ressurgem todos os pensamentos obscenos, decorrentes daquele instinto masculino irreprimível, daquela vontade visceral, e pré-histórica, de comer a mulher dos outros. E ele contempla a beleza da madame, ostensivamente, deixando transparecer toda a sua cupidez. Ainda tem os olhos cravados nos joelhos dela quando escuta: *quero que você investigue meu marido, acho que ele tem outra mulher.*

Sexta-feira, 1º de fevereiro de 1974

No tradicional Roquinha, ponto de encontro dos compositores do Salgueiro, onde ficava a célebre cadeira de engraxate do Bala, Domício almoça com o Suena e recebe do cabista duas fitas cassete. Numa delas, haveria conversas que ele não poderia esperar pra ouvir. Por isso, engole o prato, paga a conta e sai, ansioso pra chegar logo na rua Jurupari.

No papo rápido que teve com o Cajá, o borracheiro explicou que o pessoal da mecânica lembrou o carro menos em função da madame que do motorista, certo Bimbinha. Parece que Bimbinha era "casado" com o segurança do bicheiro; que dormiam juntos no alojamento dos empregados da casa; e que Ali Babá não apenas tolerava aquilo como incentivava: afinal, podia deixar a mulher andar de carro sozinha com ele, não correria nenhum risco. E Cajá ri, os outros que estavam com ele também riem.

Mas não era assunto que interessasse ao detetive. Provavelmente não iria escutar a voz do motorista de dona Maninha, porque o endereço do grampo encomendado por ela era o do escritório do marido, não o de casa. Quando põe as fitas no bolso e atravessa a rua, quase não crê que havia aceito aquele serviço arriscado. Não conseguiu dizer *não* pra Avestruz Vermelha. Devia admitir: era um homem submisso.

Atravessa a praça a passos largos, não para conferir o poste, nem para olhar as novidades do sebinho de calçada: entra no escritório e liga o gravador. As gravações cobriam o período que ia da tarde de domingo ao meio-dia da véspera, como informado pelo Suena. Domício logo identifica que voz pertencia a Ali Babá. Não havia mulher nenhuma, pelo menos com quem ele falasse daquele telefone. Muito poucas conversas com a própria Maninha. A maior parte do cassete eram conversas dele com outros bicheiros, seus próprios prepostos, o gerente do banco, gente que trabalhava na central da Paratodos, funcionários do jóquei, o dono do posto de gasolina onde o detetive retirava o pagamento.

Uma delas, contudo, tinha grande importância, não pro seu caso, mas pra uma outra pessoa: *alô... sou eu* (voz do Ali Babá)... *fala, doutor... vai no cemitério domingo?... tenho de ir, tenho de dixavar... tô sabendo que o inquérito foi reaberto... é a praxe, doutor, ainda não prescreveu, mas o delegado tá enrolando, acho que vai arquivar de novo... qual a chance de chegarem em vocês?... pra mim, nenhuma, Turquesa tá fuçando, tá revirando o que pode, mas ele acha que quem atirou eram bandidos que estavam atrás do ouro inglês, nem pensa na gente, nunca vai imaginar a mancada que foi... e se descobrirem quem deu o serviço?... faz muito tempo, acho difícil... tem certeza? olha lá! não quero problema... deixa comigo, doutor! fica tranquilo... tá bem, e finge que não me conhece, quando me vir no enterro...* E se despedem.

Domício não reconhece a segunda voz, mas tem certeza de que se tratava de um policial. Aquela gostosa da Núbia estava com a razão desde o princípio. Mas ninguém podia imaginar que Ali Babá estivesse envolvido, que fosse provavelmente o mandante. Ainda que, tudo indicava, o ataque houvesse acontecido por engano. Turquesa precisava saber. Ia fazer uma cópia daquele trecho para entregar a ele com a urgência máxima.

Ainda não tinha se refeito daquela descoberta, quando outro diálogo chama a sua atenção: *alô... quem é?... é o Prancha, dona Maninha... ué, Elias não está?... na outra sala, numa reunião, pediu pra eu atender no lugar dele* (Domício presume que se tratasse do segurança)... *ah, é? e você está sozinho aí?... estou, dona Maninha... para com essa palhaçada de "dona Maninha", hoje, quando ele estiver roncando, vou descer e dar pra você na frente do Bimba...* (pigarro do outro lado da linha) *cuidado, Maninha, se alguém pega a extensão... olha só: me chama de "minha*

*puta"! e, antes que eu me esqueça, manda o corno me ligar... sim,
senhora, minha puta... isso, assim que eu gosto, beijo e tchau!*

Era inacreditável: ela sabia que a conversa estava sendo gravada, tinha dado justamente aquele número de telefone com esse propósito! Sabia que ele, o detetive, iria escutar. Estava pasmo, estarrecido, boquiaberto. E ficaria ainda mais, na semana seguinte, quando foi segui-la e fotografá-la outra vez, a mando do Ali Babá: porque dona Maninha, enquanto se exibia na rua, mostrando as coxas, os peitos e a bunda, olhava na direção do fusca. Olhava pra ele, Domício!

Ele precisava comer aquela desgraçada! Não havia nada mais importante, na vida dele, do que conseguir trepar com a Avestruz Vermelha. Ela era, de fato, a Mulher Antropológica.

A Floresta

Entre 1965 e 1966

Turquesa tinha intuição, porque era um bom policial. E Anésio também tinha, por ser excelente quitandeiro. Muita gente despreza os que compram pra vender, que compram muito e vão vendendo aos poucos, no retalho. Não chega a ser uma arte extremamente antiga, a do comércio. Mas é arte; e existe desde que o dinheiro existe. E o dinheiro, como a morte, são divindades da Verdade, únicas a cumprir o que prometem.

Quando Sóta começa a atuar no Andaraí, levando o jogo das pessoas pra banca do Ali Babá, pede que Anésio esconda pra ele os rascunhos. Malaio, nessa altura, já era um bicheiro decadente. Tinha perdido os pontos de Vila Isabel, desde a morte de Le Cocq. O quitandeiro não era apenas capaz de fazer contas complexas de cabeça, também entendia de política e deduz com facilidade que apoiar Ali Babá era muito mais seguro. E pede a Sóta, em contrapartida, que fale com o patrão, porque precisa de garantias.

Tudo isso se faz. Ali Babá liga pessoalmente pra quitanda. E Anésio se torna também um informante. Era uma fase em que Elias Jorge Elias vinha procurando evitar ações mais violentas, queria ir comendo pelas beiradas, na maciota. A cumplicidade do Anésio interessava, porque ficava num entroncamento importante, pegava muita gente que descia o morro antes que passasse pelo Rodo, onde era o ponto principal do concorrente.

Malaio reage. Resistia por vício, por vaidade. Era um tipo ambicioso, mas sem nenhum propósito muito claro. Participaria de todos os negócios ilícitos do mundo, cometeria todos os tipos de crime, se o objetivo fosse ganhar dinheiro. Por isso, era bicheiro, cafetão, agiota, receptador de artigos roubados. Mas não estava entre os melhores, entre os principais, em nenhuma dessas atividades. Não se comparava, por exemplo, ao Coroinha, como era conhecido certo José Limeira, ex-seminarista considerado o rei do lenocínio, acusado de ser o maior pagador de suborno à polícia. Também não chegava aos pés do Arubinha e do Sombra, que não só comandavam quadrilhas de assaltantes como dominavam o ramo do desmanche de veículos. E não era páreo para Dom Iscariotes, o maior usurário da Guanabara, suspeito de ter provocado o grande derrame de notas falsas de 1961.

Mesmo assim reage, Malaio, à investida de Ali Babá contra seus pontos. Vez ou outra consegue interceptar Sóta e tomar o rascunho das pules. Até que descobre o esquema dele com Anésio. E manda assaltar a quitanda. A resposta veio rápido: os dois rapazes que executaram o serviço foram logo apanhados e quase linchados pelos captores, que eram tiras. Elias Jorge Elias queria que Malaio compreendesse.

Mas quem não compreendeu foi Anésio. Ou melhor: não se satisfez com a vingança indireta. Guardou, fez crescer dentro dele um tenebroso ódio em relação ao agiota. E agora posso retomar do ponto em que comecei. Falava que Turquesa tinha intuição. E disse isso a propósito da suspeita de que os sinais exteriores de riqueza exibidos por Malaio, em 66, estavam ligados às quarenta e cinco barras de ouro roubadas do avião da Panair.

Ora, se já não ganhava tanto com galos de briga, sofria forte concorrência no lenocínio e vinha perdendo cada vez mais pontos de bicho, com que dinheiro pretendia financiar o ressurgimento da Floresta, se também não era o rei da usura?

O raciocínio de Anésio foi o mesmo de Turquesa. A diferença é que o quitandeiro pensou nisso em 66, enquanto o delegado demorou oito anos, precisou saber que Juba tinha morrido com um tiro na cabeça, para esquecer enfim a teoria da fuga pela mata e aceitar a do sequestro — sequestro esse perpetrado pela quadrilha dos ladrões do ouro, depois que reconhecem o detetive Antenor Baeta, e decidem não executá-lo, com medo da retaliação da polícia. Tinham atacado o galpão pensando apenas em liquidar Malaio, sem saber que havia ali uma reunião dos componentes de uma escola de samba. Devem ter levado o Juba numa tentativa de negociação; Antenor, contudo, era impulsivo, pode ter tentado fugir, pode ter reagido; e acabou levando o tiro. Era essa a última tese do delegado da 20.

No que concerne a Anésio, percebeu o interesse, o movimento de Malaio para ressuscitar a velha agremiação. Malaio, como todos que se julgam grandes, não tinha pudor: frequentava a quitanda que tinha mandado assaltar na maior cara de pau. Foi na quitanda que conversou, por exemplo, com Alicate, o antigo tesoureiro, que era bancário e um dos poucos que não morava no morro. O agiota queria saber, ter uma noção de quanto custava um desfile, considerando que queria gastar muito com a fantasia de destaque, com a fantasia de Júnia.

Entre idas e vindas à mesinha, que montou no lado de fora, e à geladeira, onde apanhava a cerveja, Anésio ouviu pedaços importantes da conversa: uma data, uma hora, um lugar; e uma frase, *entregar o ouro na mão dos bandidos*.

Ora, Anésio era inteligente, mestre na arte monetária; mas era português: falava, portanto, um idioma estrangeiro. E decodificou aquela frase ao pé da letra — porque portugueses são desastrosamente literais quando enfrentam a plasticidade da língua brasileira. E ainda havia o ódio.

Quando Malaio e Alicate vão embora, Anésio pega o telefone. Julgava ter acabado de obter uma informação fundamental. E disca o número da pessoa que lhe dava proteção, a quem devia aquele imenso favor.

A ossada

Domingo, 3 de fevereiro de 1974

Turquesa, então, entra na capela, onde repousavam os restos mortais do seu irmão de sangue, de pacto de sangue. Vai até a essa. Segura as bordas do caixão, mas não tem coragem de tocar a caveira. Olha fixamente aqueles ossos, que não lembram dele, que não lembram de ninguém. E o delegado se volta para abraçar Escóte — explodindo num pranto convulsivo e escandaloso.

Domício não suporta aquele excesso de emoção. E vai, enfim, dar um beijo em Donda, cumprimentar o pessoal do morro. Estava ressabiado, mas não deixa de olhar a moça com cobiça. *Não imaginei que você vinha...* Donda dá um sorriso, *senti que devia vir, não sei, alguma coisa me disse.* Não eram os olhos dela, o detetive percebe. Havia algo de anormal.

Então, Macula se chega: *fala, compadre, meus pêsames!* Domício responde com um movimento de cabeça. *Quero te dizer uma coisa, não vai ficar chateado...* O detetive diz que não; e o outro continua: *vocês vão enterrar a pessoa errada, esse lá dentro não é o Juba, pode crer!* Falava num tom sombrio, abafado, como quem revela um segredo capital. *Fui lá em cima, compadre, na cova que os coveiros estavam limpando; se fosse o Juba, a milhar era do Tigre, lembra? Você quando lembrou do Juba acertou no Tigre. Mas a cova lá de cima é Gato: 0554, meu camarada. Vocês estão enterrando a pessoa errada. Vai por mim! Antes que seja tarde...*

Mas era tarde, era muito tarde. Domício não tem o que dizer, e não tem como obter uma explicação de Macula, porque, naquele justo instante, Jorge Cego se aproxima deles: *meus pêsames*. O detetive agradece. E o mestre continua: *Macula tem razão: esse lá dentro não é o Juba. Eu moro ali, do lado da escadinha que vai dar na bica; ninguém passou ali de noite, de madrugada, depois da chacina; eu ia escutar; passaram dois anos antes; dois anos antes eu ouvi passarem e subirem na direção da Figueira da Velha. Essa ossada tem outro dono.* O detetive não acredita, não consegue acreditar. *Pergunta, então, pra esse que vem aí atrás.* E esse aí que vinha atrás era o Escóte. Domício não entende, Donda não entende, Macula não entende. E Jorge não explica. Tinha a suprema vaidade de não explicar, de nunca ter explicado. Ficaria com aquele segredo pra sempre. Porque nunca tinha sido chamado a depor, na época do crime, embora soubesse exatamente o que tinha acontecido na rinha do Malaio, no dia da chacina. Havia nele, não vou negar, um rancor, uma mágoa. Mágoa e rancor de nunca ter sido considerado testemunha — apenas por não ser uma testemunha *ocular*. Todavia, como diria Carijó, não é preciso ver pra se saber das coisas.

Jorge Cego conhecia Escóte muito bem. Escóte tinha nascido na Ferreira Pontes, duas casas abaixo da quitanda do Anésio. E gostava de samba. Sabia bater. O mestre percebeu que ele era bom na caixa de guerra. E Escóte passou a desfilar na bateria da Floresta. E mesmo no meio da ala das caixas, Jorge Cego saberia dizer precisamente a posição de Escóte. Porque Escóte tinha o cacoete de arrastar o pé. Saberia, o mestre, identificar Escóte mesmo que ele não falasse.

Ora, no dia da chacina, depois que os tiros pipocam, e os atiradores entram gritando *cara no chão*, há um deles que não grita, mas arrasta o pé. Jorge Cego escuta tudo: são quatro homens que entram; são três homens que gritam; e cinco homens que saem. E esse homem que sai, sai devagar. Não estava, é óbvio, pra sair daquele jeito, com a cara no chão. Pelo ritmo dos passos, pela posição de onde saiu, sabe que esse homem é o Juba. Juba reconhece quem entra, reconhece Escóte, seu irmão de sangue. E sai espontaneamente. Seria esse o depoimento do Cego, se tivesse sido intimado pela polícia.

E quando afirma, com categoria, que o morto não era Juba, é porque também sabe que os que subiram de madrugada na direção da Figueira da Velha, com passadas fundas, de quem carrega uma carga pesada, passaram em 64, não em 66. A ossada, portanto, não era do Juba — mas do Lumumba, o gerente do Malaio, assassinado a mando do agiota, quando descobre o jogo duplo do empregado.

Mesmo dia, mesma hora, mesmo lugar

Escóte vem chamar Domício: o padrinho desejava que o afilhado fosse tomar seu lugar na alça do caixão.

Na capela, ainda estavam atarraxando a urna. E Palmira discutia com o marido: que ele não tinha desculpa, o caixão não pesava quase nada, era uma vergonha não conduzir o próprio filho a sua última morada. Tobias alegava dores nas juntas. *Mas não sente nada na hora de trepar na escada da estante pra remexer nos livros...*, dispara ela, furiosa.

Foi Palmira quem definiu todos os papéis, todas as posições a serem ocupadas pelas pessoas, no cortejo final. Além de Tobias (que agora cedia seu privilégio a Domício), teriam a honra de carregar o féretro os cunhados, Xavier e Farid, os dois grandes amigos, Turquesa e Escóte, e mais uma pessoa importante, íntima da família, de preferência um militar. Tal personagem, contudo, não existia. Embora estivessem lá dois coronéis, conhecidos de Tobias e vizinhos do Grajaú, ambos pareceram declinar, tacitamente, do convite. Não eram, na verdade, tão íntimos assim. É quando outro figurão se apresenta, respeitoso, reverenciando a matriarca, apertando calorosamente a mão de Tobias.

O detetive não sabia quem era — até que nota, pela primeira vez, um rosto conhecido, atento, que o encara, significativamente: o careca grandalhão, que parecia lutador de *telecatch*; e que talvez fosse o mesmo Prancha do diálogo com dona Maninha. Logo, aquele que se apresentava para pegar na alça do caixão, que ficaria ao lado do próprio detetive durante a derradeira caminhada, era o Ali Babá. A ironia chegava a ser macabra: o mandante da chacina indo no enterro de uma das vítimas; um mandante que era amigo, ou cliente, do pai dessa vítima.

Mas isso ainda era pouco diante do que estava por vir. Palmira tinha disposto os convidados em fila dupla ao longo do percurso a ser coberto pelo caixão, entre a capela e o jazigo. Quando tudo está pronto, todos corretamente perfilados, o cortejo sai, com o padre Kuntz de guia, à frente da urna. Primeiro, passam pelo pessoal do morro; depois pelos vizinhos, conhecidos; em seguida, está a maioria dos colegas da polícia; até que alcançam o núcleo menor dos amigos íntimos e dos familiares. Então, vem o primeiro escândalo: Turquesa, bêbado, e aos prantos, quando cruza a frente de Mara, não consegue se conter, olha pra ela e diz, num tom alto, vibrante: *ele morreu pra não me trair, caralho!*

Há uma tremenda comoção. Agora é Mara quem desaba, chorando desbragadamente. Sheila puxa a outra pelo braço, tenta tirá-la de perto do marido. A frase do delegado não é clara, não é translúcida; mas quem conhecesse o passado do casal, quem conhecesse minimamente quem era Turquesa, teria entendido.

Por sorte, padre Kuntz inicia um último discurso, conclama todos a orarem pela alma de Antenor. Dois coveiros, de pé sobre as bordas do túmulo, pegam cada um as pontas de uma corda que é passada por baixo da urna. Outros dois, embaixo, auxiliam os companheiros a colocar a carga na posição certa. E iniciam a descida, solenemente, vagarosamente, como exigiu Palmira.

Sobrevém, então, o desastre: um gavião, ou uma coruja, ou um morcego, ninguém saberia dizer exatamente que bicho era aquele, passa em voo rasante sobre a boca do carneiro, por cima do caixão, desaparecendo entre a folhagem sombria das árvores que margeavam os muros. Um dos coveiros que estava à beira do jazigo, com o susto, escorrega, e quase cai lá embaixo. Por sorte, consegue se segurar, apoiando as mãos na laje lateral; todavia, com esse movimento, larga a corda — e o caixão mergulha de bico, pra explodir no fundo do buraco.

Nesse exato momento, antes que alguém pudesse dizer alguma coisa, ressoa uma desconcertante gargalhada: e Donda, com as mãos na cintura, balança os ombros, remexe o corpo, joga a cabeça pra trás — enquanto mãe Téta corre, pra tentar fazer a pomba-gira subir. Estava desesperada, mãe Téta, porque ela conhecia aquela gargalhada. Era a da mesma pomba-gira que tinha descido na cabeça dela e posto fogo no terreiro do Tata Mirim.

Na porta da capela, Zanja contempla a cena, de longe, porque Litinha não conseguiu empurrar a cadeira pelas ruazinhas estreitas daquela zona menos nobre do cemitério.

A figueira

Sábado, 27 de fevereiro de 1960

Sou do tempo que aqui passava anta, onça, veado... Carijó gostava de começar assim. Estavam lá os três: Juba, Escóte, Turquesa. Tinham escutado rumores de que foi ali, naquele lugar, a Figueira da Velha, que Perpétuo havia feito o pacto de fechar o corpo. É o que eles querem obter do homem-morcego. O discurso que ele faz é longo: conta a história da mata, daquela floresta, do povo antigo que viveu ali, da guerra do morcego com a guariba; diz que lá dentro, na Grande Macaia propriamente dita, não entra gente, ninguém sobrevive. E ri: *nem eu*. E pede um cigarro, também pede fogo. Fuma muito o Carijó.

E diz, adverte: *vocês agora vão ser pior que irmão*. Isso se quisessem mesmo. Se aceitassem o preço. A coisa feita era forte, tinha muito poder. O velho continua: *na cabeça do mundo, era tudo delas; eram elas que assobiavam; que chamavam peixe na beira d'água*. Turquesa, Escóte, Juba se entreolham. Não entendem muito. *Roubaram elas, tudo que era delas*. Carijó, de cócoras, como ficava sempre, olha pro cume da figueira. Puxa um último trago, joga a guimba no chão. *E agora elas estão voltando...*

Então, ele se levanta. De um dos nichos do tronco, tira um pequeno objeto, que os três não identificam. *É um dente de cutia, corta pior que faca*. Pergunta pelo pano branco, que tinha

201

encomendado a eles. Juba entrega um lenço. Com o dente de cutia, faz um corte fundo nas costas do primeiro, e embebe o lenço com o sangue escorrido da ferida. Repete nos outros dois a mesma operação. O sangue que agora tinge o lenço é uma mistura dos três. *Quando a árvore beber, não vai saber quem é quem, vocês vão ser pior que irmão.*

Com a cinza de umas folhas queimadas, Carijó faz os curativos. *É essa cinza que protege, contra ferro, contra chumbo... mas pedra não, madeira não, corda não, veneno não, água não, fogo não...* O homem-morcego ri de novo: *é mais fácil morrer que ficar vivo...* E enterra o lenço tinto de vermelho na raiz da figueira. E canta, numa língua que eles não entendem. *E também não podem esquecer do preço, esquecer do preço é o que mata mais...*

Mas nenhum preço havia sido cobrado ainda. Turquesa é, visivelmente, o mais nervoso. Imagina ter caído numa grande armadilha. *Peraí*, diz Carijó, *já vou dizer.* E vai numa gamela toda enferrujada, que tinha posto no fogareiro e depois tirado pra esfriar. Com uma cuia de cabaça, pega um pouco do líquido viscoso e escuro fervido na gamela. Escóte franze o rosto, não gosta do cheiro, começa a ter ânsia de vômito; mas quem bebe é ele mesmo, Carijó. *Elas não sabem fazer fogo, por isso a gente é que tem que acender...*

E volta a ficar de cócoras, na frente da figueira, olhando o cume. É a hora em que o sol declina no ocidente. Borrachudos, maruins, muriçocas revoam em torno deles. Cigarras cantam. Caburés despertam. Galhos balançam. Folhas farfalham. E o homem-morcego, meio zonzo, meio bêbado, parece escutar aquilo tudo como quem recebe um recado, uma mensagem. E, instantes depois, aponta Escóte: *você não pode desmascarar mulher, se você descobrir um segredo delas, não pode dizer na cara delas que sabe, não pode dizer pra outra pessoa que sabe, não pode usar esse segredo contra elas, não pode desmentir uma mentira delas — você entende, filho?* Escóte diz que sim. *É bom.*

Carijó tinha os olhos brancos, revirados pra dentro. Mas olhava pra cima. E agora aponta Turquesa: *você não pode confiar em mulher, nem no que elas dizem, nem no que elas fazem, nem no que elas querem, nem no choro delas, nem no riso delas, nem se você achar que é pro bem delas, em nada — você entende, filho?* Turquesa, tremendo, diz que sim. *E é bom.*

O velho estica mais o ouvido, pra entender melhor os barulhos da noite; os olhos, brancos, sem luz, não podem enxergar; mas ele aponta Juba: *você não pode recusar mulher, não pode rejeitar mulher, não precisa fazer o que elas querem, mas se elas quiserem você, você tem que querer elas, tem que agradar elas, tem que ser escravo delas, não é fazer pra elas, mas é fazer com elas — você entende, filho?* Juba, satisfeito, diz que sim. *E não é bom?*

E ri, de novo, o Carijó.

O esquadrão

Entre a noite de domingo, 8, e
terça-feira, 10 de maio de 1966

Juba já não era exatamente o mesmo Juba. Depois daquele dia, na Borda do Mato, dois anos antes, quando foi flagrado por Zanja enquanto comia a arrumadeira, certa sombra começa a espreitá-lo, tentando morder seus calcanhares. Podia ser um encosto, podia ser olho grande. Mas não era nada disso. No domingo, por contágio da sombra, não tinha dormido em casa; e não voltou pra casa, na segunda. Não era um problema com Zanja. Era com ele mesmo. Andou nesse dia pra lá e pra cá. Passou na 20, Turquesa não estava, só viria na terça. Vai até o Balança Mas Não Cai, na praça Onze; bate no apartamento da tia Lina, entra, aceita uma dose de quente, e pede à tia pra descer uma mulher. Mas não consegue fazer nada. Era a sombra.

Dali, passa na delegacia da praça da Bandeira, onde era lotado. Os colegas notam nele o aspecto amarfanhado de quem vestiu a roupa da véspera e não tomou banho. Num botequim, bebe mais algumas doses, sem comer nada. E dali vai bater na porta de Turquesa, em Vila Isabel. *Ele tá num almoço, com um pessoal da PM, deve voltar mais tarde, é melhor você ir embora*, responde Mara, da porta, sem permitir que ele entre. Juba insiste, *preciso sentar um pouco, tomar um café.* Havia certo desespero nele. Mas ela é firme: *da última que você entrou comigo aqui sozinha ele me deu uma surra depois, sabia? Vai embora, por favor!*

Juba compreende: aquele era o preço de Turquesa. Podia confiar no irmão de sangue, mas não podia confiar na mulher. E se Mara, de algum modo, se insinuasse, e Juba se mantivesse fiel ao amigo, assinava, Juba, sua sentença de morte. Carijó não ria à toa.

E ele vai embora, a pé, até a praça Sete, pega a Barão de São Francisco, vai fazendo hora num ou noutro botequim, entra numa roda de porrinha, mastiga dois ou três torresmos, e continua bebendo. Noutra esquina, entra num desafio de ronda. Vai sempre no ás, mas só sai valete. Começa a perder forte, *esse galho tá capenga?* Puxa a arma, xinga, a turma se dispersa. E a noite cai.

Mas ainda não tem coragem de ir pro Grajaú, de voltar pra casa. Não era Zanja, o problema: era a sombra. E tenta, então, o Andaraí, a casa de Escóte. Passava mal já, quando toca a campainha. Sheila percebe o estado dele, manda ele entrar, sentar na sala. E vai fazer um chá de boldo. *Escóte tá de plantão*, ela anuncia. E Juba tomba no sofá.

Acorda, com Escóte de pé, ao lado dele. Vai no banheiro, lava o rosto, enquanto Sheila passa o café. Na mesa, percebe haver certa tensão. Também compreende: era a sombra, não a dele, mas a de Escóte: sombra antiga, de anos atrás, quando, num botequim de Vila Isabel, a cerveja veio quente e aquele irmão de sangue anuncia que tinha começado a namorar a Sheila — a melhor amiga de Constança, conhecida no colégio por ter deixado Juba gozar na boquinha dela.

Sexta-feira, 13 de maio de 1966

É difícil definir quando um crime começa. Na opinião dominante, esse é um problema falso: porque só ocorre crime quando morre a vítima. No pensamento jurídico, ético ou moral já existe crime na intenção de matar. Muitos místicos acreditam que vítimas e assassinos têm destinos cruzados, e já nascem com essas naturezas. Em outras perspectivas, não menos esotéricas, crime talvez fosse precisamente não matar. A literatura tem a prerrogativa da imprecisão intelectual e pode fixar arbitrariamente o ponto inicial de um crime. Escolhi o momento em que a personagem a ser assassinada aceita, mesmo inconscientemente, a condição de vítima.

É com tal pressuposto que voltamos à cena crucial: a reunião da Floresta, a chegada dos carros, os tiros, mortos e feridos. São quatro homens que entram. São só três homens que gritam *cara no chão!*, porque um deles reconhece Juba, de joelhos, com mãos ao alto. Jorge Cego poderia ter revelado quem era esse quarto homem, porque distinguiu a passada, o arrasta pé característico de Escóte. E são cinco homens que saem, que batem em retirada, depois de constatarem o engano, a terrível mancada.

Juba é o quinto homem que sai com os colegas. Entra com Escóte no banco de trás de um dos carros, enquanto Pato Rouco contorna o veículo pra sentar no banco do carona — momento em que o poste ilumina seu rosto pra contemplação de Edna Grande. *Que bandalheira foi essa?!* Ninguém responde. Eles também não sabem. Também não compreendem. Os carros disparam pela ladeira. Juba encara o amigo, que o enfrenta com um olhar de ódio. Uma sombra tomou conta de Escóte, desde a segunda-feira, quando viu o outro deitado no seu sofá. *E Turquesa?*, pergunta Juba. *Não sabe de nada*, se intromete o Pato Rouco. *Não quer te ver nem pintado*, completa Escóte. Juba sabia. Nenhum dos dois tinha atendido suas ligações, respondido seus recados.

Os tiras atravessam o morro do Cruz, descem na Tijuca e pegam a direção do Alto da Boa Vista. *Vamos acertar essa história*, ordena Pato Rouco, mandando todos saltarem, quando os carros param numa estradinha de terra batida, que ia por dentro de um matagal. Precisavam conversar, entender o que tinha acontecido, como tinham caído naquela armadilha. E precisavam apagar pistas, criar uma história que convencesse os outros colegas. É quando percebem que há, entre eles, uma discussão paralela.

Eu devia jogar tudo pro alto e fazer você falar! É Escóte, transtornado, totalmente contaminado pela decomposição da sua própria sombra. É ele que ameaça, apontando a arma pra cabeça do Juba. *Esse assunto é pra depois.* Mas o outro não para, anda de um lado pro outro com o três oitão tremendo e virado na direção do amigo, *não aguento mais, entendeu?; quero saber a verdade!* Pato Rouco faz um sinal pra que os outros tiras não interfiram. Tinha pescado a coisa no ar, a razão daquele conflito. E vislumbra a melhor solução.

Atira, então! Anda! Você quer saber a verdade?! — Juba desafia, assume sua condição. Mas Escóte sabe que não pode atirar: se errasse, se a bala pegasse de raspão, desmascarava Sheila, provava que Sheila tinha sido infiel, que talvez houvesse deixado ele gozar de novo na boquinha dela.

Pato Rouco percebe o vacilo de Escóte. Quer apressar o desfecho. Apagar a testemunha ocular. E se dirige a Juba, para incitar o outro: *seja homem e diga logo o que ele quer saber!* Antenor, então, se volta pro Pato: *cala a boca, otário, sei do que você gosta!*

Pato Rouco não queria que Juba dissesse o que viu naquele dia, no bordel do Malaio: ele de joelhos adorando Ísis, adorando o pau de Ísis. Assim, antes que Juba possa abrir a boca, um tiro estoura a cabeça dele. Pato Rouco não podia arriscar. Não queria ver ninguém rindo dele de novo.

Aquele era o Pato Rouco, que matou inocentes na caça a Cara de Cavalo; quem insuflou Elegante a atirar em Perpétuo; quem executou os estudantes de direito, pra não ser denunciado como assassino de Quica. E que também se excedeu no ataque ao galpão, presumiu que os ladrões do ouro estivessem armados lá dentro, foi quem soltou a primeira rajada. Foi, no fim das contas, quem acabou provocando a chacina. O resto da cena é fácil de prever: Escóte — constatando que Juba tinha descumprido o pacto; que tinha recusado uma mulher; imaginando que houvesse se sacrificado, para não ser infiel a ele, ou a Turquesa, ou a ambos — desaba sobre os próprios joelhos, se desespera, chora; e tem de levar um tapa na cara pra se recompor e ajudar os outros a limpar a sujeira e remover o cadáver. Tinham que desová-lo logo, num lugar seguro, onde era costume fazer esse serviço: as águas fundas do rio Guandu — que ficavam longe, muito longe da Figueira da Velha.

Domingo, 8 de maio de 1966

Era perto das oito da noite quando Juba deixa Ifigênia em frente ao prédio dela, na rua Bambuí. Tinham passado o domingo na Borda do Mato, no encontro do Dia das Mães. Com exceção de Litinha, que havia acompanhado Zanja à casa dos pais, pela mesma razão. E de Carula, que tinha ido ver a família em Macaé. Ifigênia convida o irmão a entrar. Queria conversar mais um pouco. Andava sobressaltada aqueles dias. Com medo de dormir sozinha. E Carula só pegaria o ônibus na manhã seguinte. Por sorte, o marido dava aula só na parte da tarde.

Gostava especialmente daquela irmã, Juba. Era a mais alegre, mais livre, mais espontânea. Não era como Constança, sibilina, que parecia sempre estar escondendo algum segredo; ou Núbia, muito austera, preocupada demais em guardar as aparências. Ifigênia abre um vinho do Porto, mas Juba prefere roubar o Black Label do Carula. E vão bebendo, se divertindo, falando mal das duas irmãs e dos dois cunhados. *Pra mim, Constança lava roupa pra fora*, opina Ifigênia. O irmão acha engraçado, *pode ser, Farid tem cara de corno*. E a hora avança. A certa altura, o tema passa a ser certo comportamento de Núbia, que não parava de falar de uma funcionária nova. *Acho que ela gosta de mulher, só não tem coragem de assumir*, Ifigênia diz. Juba dá de ombros, *conheço as que gostam das duas coisas...* A irmã, então, pergunta, com lascivo entusiasmo: *você já comeu duas ao mesmo tempo?!*

Eu poderia dizer que foi o álcool, a intimidade, a cumplicidade que vinha desde a adolescência, a própria natureza licenciosa do assunto, mas o fator determinante foi a sombra: que não era olho grande, não era encosto. Era uma sombra viva, que já vinha espreitando o irmão de Ifigênia, tentando morder seus calcanhares. E a mordida, enfim, acontece. Juba, solto, à vontade, conta alguns casos, histórias do bordel, *dizem que as putas acabam gostando só de mulher*. Ifigênia suspira, fala mal do marido, *Carula é um bobo, diz que com mulher de casa não se faz certas coisas*. Juba ri, *você escolheu mal; toda mulher é um pouco prostituta*. A gargalhada da irmã parece ser de aprovação. E o irmão revela: *Zanja, mesmo daquele jeito, adora que eu abuse dela*. A Hora Grande ia se aproximando.

Vem, então, a lembrança: o dia da arrumadeira. Estão embriagados, excitados pela conversa; esquecem que aquele foi também o dia fatídico do acidente de Zanja. *Conta tudo!*, Ifigênia pede, repetindo a expressão lúbrica de dois anos antes. Juba relata os detalhes, o jeito que a arrumadeira olhou pra ele; o jeito que ele se chegou nela, como ela pediu pra ser tratada. E Ifigênia, atiçada, vai buscar mais uísque. E volta, trazendo a garrafa. Há sinais tremendos, no olhar, no movimento do corpo dela. E ela se senta, não mais na ponta, mas bem do lado do irmão, no mesmo sofá. Juba, então, confessa, *eu vi que você estava me olhando*. Pareceu, a Ifigênia, uma senha, uma declaração. E, como num bote de cobra, agarra Juba pelo meio das pernas.

Era um limite, uma fronteira que ele nunca cogitou fosse ser ultrapassada. Mas tinha um pacto, devia um preço. Aceita, tem de aceitar; e retribui o beijo de língua que ela dá. E se deixa conduzir até o quarto do casal. Não vou entrar em descrições supérfluas, não vou alongar inutilmente a narrativa. Juba toca a irmã como tocaria qualquer outra mulher; mas a sombra quer mais, quer que ele entre dentro dela. E tenta de tudo, com a mão, com a boca, com palavras — mas o pau não sobe. Para certas pessoas, há barreiras absolutamente intransponíveis. E terminam dormindo, extenuados, fracassados, abraçados e nus.

Essa é a cena que Carula vê, quando chega em casa, de madrugada. Tinha conseguido antecipar a volta, pegando uma carona com um conterrâneo, velho amigo de infância que também tinha vindo morar no Rio de Janeiro. Mas não incomoda, não faz escândalo. Espera no sofá da sala, até poder entrar no quarto, fazer as malas e procurar um hotel.

De manhã, não é Carula no sofá que abala o espírito de Juba. Era ainda a sombra, que não tinha sido satisfeita. É por isso que ele sai sem ter tido coragem de encarar Ifigênia. E vaga meio sem rumo, vai beber, vai jogar, vai procurar consolo com os amigos. Quer se convencer de que não descumpriu o trato feito com a figueira.

Todavia, lá dentro dele mesmo, sente que tinha recusado a irmã.

A moça

Quartas-feiras, 16, 23 e 30 de janeiro de 1974

Teve a sensação de ter comido outra mulher, Domício, no dia em que Donda recebeu a Ciganinha pela primeira vez. Ou não seria a Donda? Teria comido, em vez de Donda, a própria Ciganinha, ainda manifestada nela? Dona Zeza pôs em dúvida a própria identidade da pomba-gira: porque ciganas não solicitam oferendas em cemitérios — salvo se forem ciganas da calunga, o que não era o caso.

E Donda parecia mesmo estar incorporando entidades distintas. Por exemplo, o detetive não reconheceu a Ciganinha do Jamelão na pomba-gira que desceu no Caju. A voz, a expressão facial, os trejeitos do corpo, o timbre da gargalhada, eram muito diferentes. E havia ainda o ponto riscado no ar, no cemitério — que não era ponto de cigana.

Havia algo acontecendo com Donda. Também acontecia algo no terreiro da mãe Téta: na gira do dia 23, pela segunda vez, nenhum guia masculino atendeu o chamado dos ogãs. E nem mesmo seu Zé Pelintra conseguiu baixar. A Ciganinha se aproxima de Domício, faceira, brejeira, e diz: *se você tratar bem o meu cavalo, te dou o que você quer.* O detetive não compreende, porque não tinha feito nenhum pedido à entidade. Ela parece ter lido o pensamento dele, deixa escapar um risinho maroto, dá mais um trago na piteira; e continua: *sei que você vai no velho da fundanga, não é, moço? Pode ir, esse velho é meu, o velho lá de cima também é...* O detetive presume que ela esteja se referindo ao Carijó. E não entende a relação. *Sou do princípio do mundo, moço, tudo que é homem um dia já foi meu...* E Domício toma um susto, porque essa última frase não foi pronunciada com a voz da Ciganinha: era o timbre, o jeito da outra, da que desceu no cemitério.

Ainda nesse mesmo dia, quando leva Donda em casa, e começam, como sempre faziam, a se beijar contra o muro dos fundos, ela, de repente, sussurra no ouvido dele: *sei que não é a Dêda que você quer de verdade: é a mulher do carro vermelho!* Domício fica sem chão, nunca tinha mencionado o caso da Belina. Passa a ter certeza de um fenômeno de que já vinha desconfiando: que Donda, muitas vezes, mesmo depois da gira, continuava manifestada enquanto trepava com ele. Em que fronteira, então, terminava Donda e começava a Moça? *Ou você quer as duas? Quantas você quer?* E ele come com vontade a mulher indeterminada.

Mas vem a outra quarta-feira. No mesmo muro, o detetive já não tem dúvida de que o corpo de Donda tem outro comando. *Você quer aquela dona do carro vermelho, não quer?* Ele entra na brincadeira, diz que sim, que vai comer a outra chupando ela, que vai pôr as duas pra se roçarem, fala outras sacanagens, variações desse tema triangular. Donda, o corpo de Donda, reage freneticamente àquele estímulo, se contorce, resfolega, geme, passa a língua quase ofídica pelos lábios, pelas orelhas, pelo pescoço do homem — até soprar no ouvido dele: *e você vai deixar aquele teu amigo meter em mim junto com você? Um na frente, outro atrás?* Domício perde o rebolado. Não esperava tamanha depravação. *Chama aquele que tem uma imagem minha desenhada no braço...*

212

Domingo, 3 de fevereiro de 1974

Não foi apenas mãe Téta quem correu na direção de Donda, quando ela dá aquela tremenda gargalhada, justo no instante em que o caixão desaba no fundo da cova. Domício também vai, como quem precisa tirar o pai da forca: não queria esse vexame justamente ali, naquela hora, na frente da família. E uma roda se forma em torno de Donda, da pomba-gira que gargalha e se sacode no corpo de Donda: Téta, Domício, dona Bené, Dêda, Peinha, Edna Grande, Betão da Mina, Tiça e Bigu. E também Sóta. A presença do apontador incomoda o detetive. E vocês sabem por quê.

Enquanto isso, Zé Maria não consegue explicar por que o caixão rachou, e a caveira acabou rolando pro lado de fora. Era impossível. Era uma urna de mogno legítimo, primeira qualidade. Palmira quase mete a mão na cara dele, sendo contida por Tobias.

E Donda, ou quem estava em Donda, continua rindo, de mão na cintura: *tem dois lá, brigando pelos ossos, brigando pela cova.* Porque os ossos esquecem, mas a sombra não. A sombra do Lumumba queria os ossos que tinham sido dele. E a sombra do Juba queria a cova, que estava no nome dele. Espíritos, às vezes, se comem, se devoram até desaparecer; até a completa aniquilação. E a pomba-gira ri.

Mãe Téta tenta fazer a entidade subir, em vão. A Moça olha bem no olho da mãe de santo; e declara: *eu fui a primeira que subiu o rio; sou a dona daquele morro; sou a dona da Macaia; sou a dona da sua coroa, e da coroa desse cavalo que estou montada; eu sou a Velha da Figueira da Velha. Não gosto de homem que maltrata mulher!*

E, dizendo isso, canta pra subir:

Arreda homem
que aí vem Mulher!
Sou a Dona da Figueira
Posso tudo que eu quiser
Sou Rainha do Inferno
Meu escravo é Lúcifer!

Donda fica meio desmaiada, quando a Moça desencarna. Edna Grande, Téta, Tiça e Bigu conseguem fazê-la retomar a consciência. O detetive encara Sóta, mas o apontador não dá a ele a menor atenção. Não parecia ter o menor constrangimento de estar ali, ajudando a socorrer a mulher que — ao menos nominalmente — ainda era de Domício. E Domício abraça Donda, quer acompanhá-la até em casa. Mas Litinha vem chamá-lo, lembra do compromisso que tinham todos: um almoço, na Borda do Mato, pra celebrarem a memória do finado Antenor. E ele beija a moça, *me pega amanhã na saída do trabalho*, ela diz. E se despedem. E ele vê Donda indo embora, já recuperada, já de bom humor, no meio do pessoal do morro. E, mais precisamente, ao lado de Sóta, o homem da dama de paus, que vai conversando com ela, como se já houvesse, entre os dois, alguma intimidade.

É durante o almoço que ele decifra o penúltimo enigma: quando Palmira, a madrinha, agradece a Deus o favor de ter podido dar uma sepultura ao filho morto, Domício olha justamente para o rosto de Constança. O sorriso da legista, mulher dúbia, dissimulada, uma contraditória vascaína que bebia drinques com gelo, revela tudo, implicitamente. Porque era um sorriso de ironia. Era o sorriso de Constança, que mentiria mesmo se falasse a verdade. Na ficção, como na vida, a verdade é o que menos importa.

De noite, sem poder esperar pelo encontro do dia seguinte, o detetive sobe a Ferreira Pontes. Na tendinha do Biro, encontra Macula. Mas não vê Sóta. Vai até a casa de Donda, bate palmas, mas ninguém atende. Eram só suposições, desconfianças. O romance de Domício termina e o último mistério fica sem solução.

Todavia, por sorte, vinha lendo outro romance, *Gabriela, cravo e canela* — que lhe dá um palpite. Talvez fosse até melhor. Talvez ela ficasse ainda mais gostosa.

E Domício Baeta desce o morro. Nunca tinha se sentido tão livre. Nunca teve tanta consciência de pertencer àquele lugar. Era cria da Zona Norte. Não tinha motivo pra levar a vida a sério.

Agradeço

Aos meus leitores inaugurais, André Conti, Anna Luiza Cardoso, Isabela Equor, Luciana Villas-Boas, Miguel Sader, cujos comentários tornaram o romance melhor;

Aos amigos Luiz Claudio Aquino e Mauro Marques, pelos esclarecimentos sobre o processo penal brasileiro e a organização da Polícia Civil da Guanabara;

Ao querido Leo Cuozzo, pelas explicações sobre identificação odontológica em cadáveres; e ao companheiro Rubens Ghidini Junior, pelo seu conhecimento em medicina legal;

À Damiana Cruz e ao Fábio Carvalho, pela ebulição de memórias sobre o nosso Andaraí;

Às amigas e camaradas que dividiram comigo a Grande Aventura daquele tempo e que só não nomeio por estarem travestidas em personagens do romance; e

Ao meu compadre Alceir Oliveira — o célebre Suíte —, cujo Barraco, no alto do Morro, no alto da Vida, é simplesmente lindo.

Apêndices

Mapa do morro do Andaraí

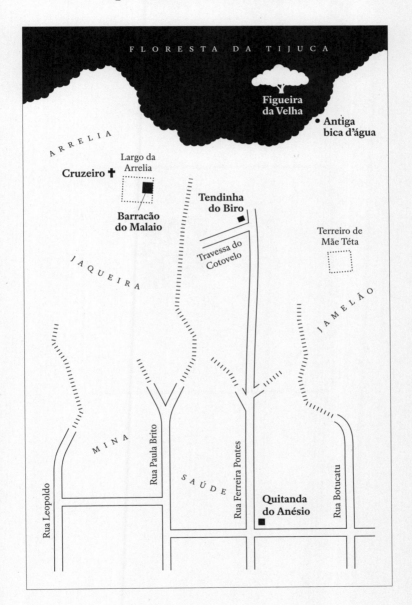

Planta do galpão onde ocorreu a chacina

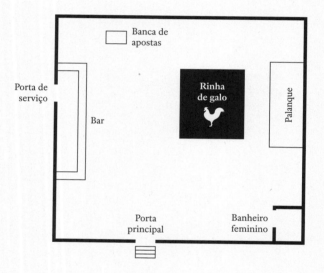

Planta do casarão da Borda do Mato, 63

2º ANDAR

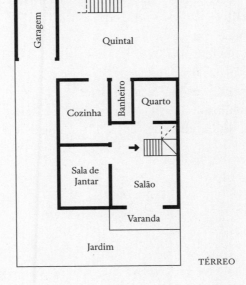

TÉRREO

Relação de sambas de enredo da Floresta do Andaraí*

1949: "Tudo é Brasil" — Peixe Frito
1950: "Homenagem a Osvaldo Cruz" — Caruara e Mamão
1951: "Grito do Ipiranga" — Binha e Beléu
1952: "Lendas brasileiras" — Binha e Beléu
1953: "Primeira missa" — Binha e Beléu
1954: "Primavera outra vez" — Graxaim e Betão da Mina
1955: "Exaltação ao vice-rei Conde dos Arcos" — Betão da Mina e Caroço
1956: "Confederação dos tamoios" — Binha e Beléu
1957: "Cativeiro de Hans Staden" — Juba
1958: "Os timbiras" — Binha e Beléu
1959: "Fenícios no Brasil" — Juba, Binha e Beléu
1960: "Capitu, mulher de verdade" — Juba e Beléu

---

* Como não se sabe quem são os autores desses sambas de enredo, os nomes dos compositores aqui listados são fictícios. A Floresta do Andaraí encerrou suas atividades em 1955, logo, os sambas desse ano em diante também são criações do autor.

Noções básicas sobre o jogo do bicho

O bicho correspondente a um número qualquer é dado em função do grupo a que sua dezena pertence, conforme a tabela:

1. Avestruz [01, 02, 03, 04]
2. Águia [05, 06, 07, 08]
3. Burro [09, 10, 11, 12]
4. Borboleta [13, 14, 15, 16]
5. Cachorro [17, 18, 19, 20]
6. Cabra [21, 22, 23, 24]
7. Carneiro [25, 26, 27, 28]
8. Camelo [29, 30, 31, 32]
9. Cobra [33, 34, 35, 36]
10. Coelho [37, 38, 39, 40]
11. Cavalo [41, 42, 43, 44]
12. Elefante [45, 46, 47, 48]
13. Galo [49, 50, 51, 52]
14. Gato [53, 54, 55, 56]
15. Jacaré [57, 58, 59, 60]
16. Leão [61, 62, 63, 64]
17. Macaco [65, 66, 67, 68]
18. Porco [69, 70, 71, 72]
19. Pavão [73, 74, 75, 76]
20. Peru [77, 78, 79, 80]

21. Touro [81, 82, 83, 84]
22. Tigre [85, 86, 87, 88]
23. Urso [89, 90, 91, 92]
24. Veado [93, 94, 95, 96]
25. Vaca [97, 98, 99, 00]

Além dos grupos acima, que são os convencionais, há outro arranjo possível dos bichos em grupos *salteados*, conforme a tabela:

1. Avestruz [01, 26, 51, 76]
2. Águia [02, 27, 52, 77]
3. Burro [03, 28, 53, 78]
4. Borboleta [04, 29, 54, 79]
5. Cachorro [05, 30, 55, 80]
[...]
22. Tigre [22, 47, 72, 97]
23. Urso [23, 48, 73, 98]
24. Veado [24, 49, 74, 99]
25. Vaca [25, 50, 75, 00]

Dou o modelo de resultado que costuma ser colado nos postes, próximo dos pontos. Reproduzo as extrações ocorridas na quarta-feira, 9 de janeiro de 1974 (a extração da Loteria Federal correspondente é a de número 1095):

	Paratodos	*Federal*
	14:00	*18:00*
1º	1097	1987
2º	8034	0347
3º	0249	0752
4º	1407	5618

5º	0713	7885
R	500	589
M	813	689
S	22	12

Os prêmios de 1º a 5º são as milhares sorteadas diretamente. No caso da Federal, ignora-se a dezena de milhar sorteada. O prêmio Rio (abreviado R) é a centena resultante da soma dos prêmios de 1º a 5º. O prêmio Moderno (abreviado M) é a centena de milhar resultante da multiplicação do 1º pelo 2º prêmio, ou seja (usando como exemplo o resultado da Federal): $1987 \times 347 = 689\,489$. Já o resultado abreviado como S é o grupo salteado. Assim, na extração da Paratodos acima, 1097 é Vaca, no grupo convencional ou sequencial; e Tigre, no salteado (daí o 22, número do grupo do Tigre).

Notas sobre as cantigas do capítulo "A figueira", do terceiro ciclo

No célebre ensaio "Des Cannibales", de Montaigne, há dois excertos de cantigas tupis — ou tupinambás; ou tamoias — ouvidas no litoral de "Nheteroia" (como era conhecida a atual baía de Guanabara) em meados do século XVI. Trata-se de versões francesas prosificadas a partir de um original em tupi antigo, muito provavelmente feitas pelo informante com quem Montaigne diz ter estado em contato por largo tempo. Esse homem, segundo o mesmo Montaigne, teria vivido de dez a doze anos "no lugar que Villegagnon batizou de França Antártica". Tinha, portanto, adquirido um domínio razoável do idioma brasílico.

Aproveitei esses dois cânticos, mas preferi revertê-los ao tupi antigo, que é a nossa língua clássica, e então passá-los para a tradução em língua geral do Brasil, que alguns muito impropriamente denominam "portuguesa".

Cantiga da cobra

Cobra, para! para, cobra!
para que minha irmã tire do padrão da tua pintura
o modelo e a feitura de um lindo colar
que eu possa dar à minha prometida

e que para sempre, entre todas as serpentes,
sejam preferidas tua beleza e teu desenho

Cantiga do *ijucá-pyrama*

estas entranhas, esta carne,
estas veias são vossas,
ó loucos miseráveis!
não reconhecem
que a substância dos retalhos dos vossos antepassados
permanece aqui?
saboreai bem! e percebereis
o gosto da vossa carne!

SOBRE OS PONTOS DE UMBANDA: todos os pontos citados no romance pertencem ao cancioneiro tradicional da umbanda. Exceto o último deles, constante do capítulo "A moça", do último ciclo, cuja letra foi adaptada por mim.

© Alberto Mussa, 2024

Todos os direitos desta edição reservados à Todavia.

Grafia atualizada segundo o Acordo Ortográfico da Língua
Portuguesa de 1990, que entrou em vigor no Brasil em 2009.

capa e ilustração de capa
Felipe Braga
mapas
Marcelo Pliger
composição
Jussara Fino
preparação
Lielson Zeni
revisão
Ana Alvares
Jane Pessoa

Dados Internacionais de Catalogação na Publicação (CIP)

Mussa, Alberto (1961-)
A extraordinária Zona Norte / Alberto Mussa. — 1. ed.
— São Paulo : Todavia, 2024.

ISBN 978-65-5692-698-8

1. Literatura brasileira. 2. Historiografia. 3. Romance.
I. Título.

CDD B869.3

Índice para catálogo sistemático:
1. Literatura brasileira : Romance B869.3

Bruna Heller — Bibliotecária — CRB 10/2348

todavia
Rua Luís Anhaia, 44
05433.020 São Paulo SP
T. 55 11. 3094 0500
www.todavialivros.com.br

fonte
Register*
papel
Pólen natural 80 g/m²
impressão
Geográfica